열여섯 살 소년, 철학 모험을 떠나다

아주 철학적인
하루

아주 철학적인 하루

피에르 이브 부르딜 지음 | 이주희 옮김

초판 1쇄 펴낸날 2011년 12월 14일
초판 7쇄 펴낸날 2021년 2월 4일
기획편집 권병재, 김윤정 / 마케팅 윤정하 / 디자인 도도디자인
펴낸이 이종미 / 펴낸곳 담푸스 / 대표 이형도 / 등록 제395-2008-00024호
주소 10881 경기도 파주시 회동길 363-8, 304호
전화 031-919-8510(편집) 031-907-8512(주문관리) / 팩스 0303-0515-8907
메일 dhampus@dhampus.com

책값은 뒤표지에 있습니다.
잘못 만든 책은 구입하신 서점에서 바꾸어 드립니다.

ISBN 978-89-94449-11-1 43860

Original title : La vérité cassée en morceaux
Text by Pierre-Yves Bourdil
ⓒ 1995 L'Ecole des loisirs, Paris
All rights reserved.

Korean Translation Copyright ⓒ 2011 Dhampus Publishing Co.
Korean edition is published by arrangement with L'Ecole des loisirs,
Paris through Imprima Korea Agency.

이 책은 Imprima Korea Agency를 통해 저작권자와의 독점계약으로 담푸스에서 출간되었습니다.
저작권법에 의해 한국 내에서 보호를 받는 저작물이므로 무단전재와 복제를 금합니다.

이 도서의 국립중앙도서관 출판시도서목록(CIP)은 e-CIP홈페이지(http://www.nl.go.kr/ecip)와
국가자료공동목록시스템(http://www.nl.go.kr/kolisnet)에서 이용하실 수 있습니다.
(CIP제어번호 : CIP2011005120)

열여섯 살 소년, 철학 모험을 떠나다
아주 철학적인
하루

피에르 Y. 부르딜 지음 | 이주희 옮김

담푸스

차례

1. 그날 아침 · 06
2. 필리베르의 '병' · 14
3. '병'이 심어준 생각 · 18
4. 습관에 물든 나를 만나다 · 24
5. 새로운 경험 · 27
6. 진리와 낡은 습관들 · 35
7. 프랑스어 수업 · 43
8. 르네 데카르트 · 47
9. 변화의 날 · 58
10. 또 습관이다 · 63
11. 내 진짜 모습 · 78
12. 진리에 대하여 · 91

13. 좋은 사람이란? · 103

14. 질문이 가진 힘 · 109

15. 부서진 진리 · 122

16. 칼벨 선생님, 철학 그리고 텔레비전 · 139

17. 만남의 의미 · 187

18. 시간은 흐르고 · 196

19. 다시 평소처럼 · 209

20. '철학'이라는 개념 · 215

21. 나는 '나' · 223

22. "필리베르?" · 229

23. 헤어짐 · 233

24. 나의 첫 철학책 · 237

25. 사랑스러운 '병' · 246

1. 그날 아침

그날 아침은 티셔츠를 뒤집어 입거나 이상하게 여기저기 구김이 갈 때처럼 세상이 뭔가 불편했다.

필리베르는 평소보다 잠을 설치지는 않았다. 그렇다고 푹 잔 것도 아니었다. **평소처럼** 잤다는 표현이 맞을 것이다. 좋다. 그래서 어쨌다는 얘기일까?

자는 동안 어떻게 되었는지 묻는 사람은 없다. 그냥 잘 뿐이다. 그리고 잘 만큼 자고 나면 깬다. 대단한 일이 아니다. 이런 평범한 일은 아무 이야깃거리도 되지 않는다.

그런데 어째서 잠에서 깰 때 이상한 기분이 들었을까? 방, 가구, 책, 전등, 벽에 붙인 그림들, 차마 버리지 못한 장난감들, 자기 전에 의자에 아무렇게나 던져둔 옷들이 예전처럼 평범해 보이지 않았다. 어디로 보나 어젯밤과 비슷했지만, 이제 똑같지 않았다. 덧창 틈으로 새어 들어오는 빛도 처음 보는 것 같아서 직접 만져 보고 싶을 지경이었다. 필리베르는 그 이상한 느낌을 분명히 알아차렸지만 정확히 표현할 수 없었다. 적당한 말이 생각나지 않았다. 하지만 '무슨 일'이 일어났다는 사실은 바뀌지 않았다.

물론 정말로 아무도 모르게 밤새 현실이 변할 리는 없다. 요정들이 하는 장난 따위는 동화에나 나온다. 그러니까 이것은 사실이라고 '단언'할 수 있다.

어제를 되새겨 볼 필요도 없었다. 이맘때 일요일에는 늘 엄마 아빠와 함께 바닷가를 달리거나 자전거를 탔고, 충분히 바람이 부는 날이면 연을 날리며 지루하게 보냈다. 평소보다 더 피곤할 것도 덜 피곤할 것도 없이 집으로 돌아왔다. 그러니 무슨 일이 일어났는지 알 수 없었다. 어쩌면 며칠에 걸쳐 비밀리에 아무도 모르게 무슨 일이 일어났을지도 모른다. 하기야 상관없다. 어차피 일어난 일이고 아무것도 달라질 게 없으니까.

어떻게 말해야 할까?

필리베르는 자기 모습이 뒤죽박죽으로 마음대로 되지 않는 거대한 거울 속에 들어와 있는 것 같았다. 어쩌다 보니 나는 이쪽에 있는데 저쪽에도 내가 있다. 똑같은 사람인데 똑같지 않다. 오른손을 들면 거울 저편에서 오른손이 올라간다. 그 오른손이 사실은 왼손인데 말이다!

저 길거리의 사람들도 모자나 외투, 자동차를 보며 필리베르와 같은 이상한 기분이 들까?

필리베르와 같은 생각을 할까?

그날 아침은 티셔츠를 뒤집어 입거나 이상하게 여기저기 구김이 갈 때처럼 세상이 뭔가 불편했다.

필리베르는 자기 전에 꽂아 놓지 않은 역사책을 집었다. 아침에 일어나 처음 잡은 물건이었다. 그 물건을 어루만지며 그 책이 바로 **그것**, 날마다 보던 자기 책이 맞는지 확인하려 했다. 그 책이 맞았다. 하지만 동시에 다른 책, 전혀 모르는 책이라는 사실 또한 확인했다.

아무 데나 펼쳤다.

"70쪽. '권력이 약했던 카페 왕조(중세시대 서기 987년부터 1328년까지 프랑스를 통치한 왕조_옮긴이) 초기 왕들은 자기 영지에서 자급자족했고, 세

력은 루아르 강을 넘지 못했다. 위그 카페(카페 왕조의 첫 번째 왕_옮긴이)는 영주들이 모여 뽑은 왕으로 원칙대로라면 왕위를 세습할 수 없었으나, 생전에 아들에게 왕위를 물려주었다. 후손들도 같은 방법으로 12세기까지 왕위를 세습했고, 다행히 11대를 이어오는 동안 자손이 끊이지 않았다…….'"

읽기를 멈췄다. 이야기에 사실성을 더하기 위해 본문 옆에는 그림이 있었다. 잘 살펴보았다. 위그 카페 시대에는 사진이 없었으니 이 책을 쓴 저자들은 그림을 그려 넣었다. 별로 잘 그린 그림은 아니었다. 마치 아이들 그림 같았다. 색칠은 그보다는 잘한 것 같지만 어쨌든 아이들 그림처럼 유치했다. 모양이 좀 비틀린 것 같기도 했다.

"그런데 이 그림들이 카페 왕조와 관계가 있는지 어떻게 알아?"

필리베르는 알 수 없었다. 역사 선생님들이 그럴듯한 설명을 하지 못하면 헛소리라고 믿을 수밖에 없었다. 선생님들이 학생들을 골려주려고 위그 카페와 자손들 이야기를 꾸며냈을지도 모른다. 충분히 그러고도 남는다! 선생님들이란 원래 삶을 복잡하게 만들기를 좋아한다. 하지만 선생님들이라도 눈앞의 세상이 끊임없이 모습을 바꾸면 미쳐버릴 것이다. 역사책에 나오는 이야기가 거짓이라 해도, 책 자체의 존재는 의심할 수 없기 때문이다!

필리베르는 존재를 확인하려고 책 표지를 톡톡 두드렸다. 분명히 그

자리에 있었다. 하얀색과 빨간색으로 꾸며진, 매끄럽고 조금 딱딱한 표지에는 무장한 기사 그림이 있었다. 어쨌든 이것은 가짜가 아니다. 그렇다면 책상은? 필리베르는 책상에 올라앉았다. 아주 튼튼했다!

그런데 어째서 이렇게 확인해도 세상이 이상하다는 느낌을 떨쳐 버릴 수 없을까? 고장 난 것은 필리베르의 생각일지도 모른다.

"내가 병이 났나?"

그렇다. 열이 오르면 세상이 몽롱해지고 머리가 어지럽고 눈곱이 낀다. 몸이 아프다. 학교에 가지 않는 것은 좋지만 아픈 것은 싫다. 하지만 지금 이 느낌은 다른 문제다. 이 '병'은 진짜 병이 아니기 때문이다. 울기보다 자꾸 웃고 싶어지는 병이다.

역사책의 내용에 의문을 품거나 방 안을 비추는 빛에 대한 생각이 바뀌었다고 해서 학교에 가지 않을 수는 없다. 그런 핑계는 절대로 엄마가 들어주지 않을 것이다. 일단 그 얘기가 먹힐 리 없고, 예전에도 쉽사리 학교를 빠지게 해 주지 않았으니 더욱 가망이 없다. 그리고…… 그리고는 없다. 그냥 내키지 않았다. 이유 없이.

그 '발견' 때문에 확실히 혼란스러웠지만, 한편으로는 기분이 좋아지기도 했다. 그렇다고 마음껏 웃을 수만은 없었다. 해가 밝게 빛나서 인생이 아름답고 모든 것이 잘될 것 같은 기분이 들 때와는 달랐다. 5월 초였고 온화한 날씨가 이어진 지 오래라서 날씨에는 신경 쓰지 않았다. 낮이 길어진 것을 깨닫고 봄이 왔음을 기뻐하는 것은 당연하다.

아니, 확실히 그날 아침에는 다른 일이 일어났다. 설명할 수 없는, 설명하지 못할 일이다. 아직은. 당장은 설명할 수 없었다. 병에 걸린 것 같았다. 누가 물어보면 "병에 걸린 것 같아요."라고 대답할 만한 일이었다.

2. 필리베르의 '병'

엄마들은 다 그렇다! '사춘기'라 생각하고 대수롭지 않게 여긴다. 부모들은 아이들과 말이 통하지 않으면 늘 '사춘기'라고 믿는다.

시계를 보니 6시 30분이었다. 필리베르는 피식 웃으며 말했다.

"정말 여섯 시 반이면 너무 일찍 일어났잖아."

잠시 망설였다. '병' 때문에 6시 30분이 맞는지 알 수 없었다. 그래도 아무렇지 않은 척 조용히 욕실로 갔다.

"아무것도 믿을 수 없으면 하고 싶은 일을 하는 게 좋지."

미지근한 물로 오랫동안 샤워를 했다. 쓸데없는 껍질을 벗겨내려는 것처럼 비누거품을 많이 내며 정성껏 열심히 몸을 문질렀다. 그런 방법이 효과가 있을지도 모르니까. 뱀은 때때로 돌멩이 사이로 지나가면서 허물을 살살 벗는다고 한다. 그리고 그렇게 해서 완전히 거듭난다. 필리베르는 그 생각에 의문이 생겼다. 위그 카페에 대한 이야기와 마찬가지로 뱀에 대한 이야기도 믿을 이유가 없으니까. 자신은 이렇다 할 변화를 느낄 수 없었다. 솔직히 말하면 더 깨끗해진 기분이 들었을 뿐이다.

거울을 보았다. 입가의 웃음과 눈이 조금 빛나는 것만 빼고 평소와 다름없었다. 겉모습은 거의 변하지 않았다. 늘 보던 자신이다. 정말 자신이다. 변화를 확실히 느끼려면 갑자기 몸이 변해야 할 것이다. 마법사가 두꺼비나 당나귀 같은 것으로 바꿔 놓아야 한다. 하지만 과연 자신이 동물로 변했다는 것을 알아차릴 수 있을까? 변한 뒤에도 전과 마찬가지로 정상이라고 느끼지 않을까? 보는 사람들은 물론 겁을 먹을 것이

다. 필리베르를 알아볼 수 없고 두꺼비 입에서 필리베르 목소리가 나올 테니까. 그럼 막상 자신은 어떨까?

필리베르는 아직도 전과 **똑같다**는 사실에 실망했다. 그리고 달리 할 일이 없었기 때문에 **평소**와 같은 행동을 했다. 창문을 열었다. 창밖의 풍경에 대해서는 딱히 할 말이 없었다. 코베 아저씨 집도 앙브로지노 아저씨 집도 날아가 버리지 않은 채로 있었다. 옷을 입었다. 옷에 대해서도 별로 할 말이 없었다. **평소**처럼 없어진 양말 한 짝을 찾는 행동도 아주 정상이었다. 다시 한 번 거울을 보았다. 혹시 모르니까! 알몸일 때나 옷을 입었을 때나 '다르다'는 느낌은 들지 않았다.

핫초콜릿을 만들었다. 핫초콜릿에 대해서도 할 말이 없었다. 빵도, 잼도 마찬가지였다. 다만 이제 막 7시가 지난 이른 시간이라 부모님은 아직 일어나지 않았다. 그런데 필리베르가 소리를 내는 바람에 깼다. 부모님이 뭐라고 중얼거리는 소리가 들렸다. 상황은 다시 완전히 정상으로 돌아왔다. 군말 없이 아침을 다 먹었다. 커피를 마시는 부모님을 뒤로 하고 방으로 갔다. 가방을 쌌다. 역사책도 평소처럼 쉽게 가방에 들어갔다.

엄마가 곧 무슨 문제가 있나 의심하기 시작했다. 필리베르가 먼저 일어났으니 당장 일어나 서두르라고 수십 번 잔소리할 필요가 없었기 때문이다. 젖은 머리와 향긋한 비누 향으로 보아 대충 세수한 게 아니라 '정말' 샤워를 한 것도 알 수 있었다. 기준이 달라졌다. 엄마는 조금 당황했다. 필리베르에게 무슨 일이 있냐고 물었다.

"아뇨, 아무 일 없어요."

엄마는 필리베르가 아직 사랑에 빠질 나이는 아니라고 생각했지만, 어쩌면 그럴지도 모른다는 생각도 했을 것이다. 엄마들은 다 그렇다! '사춘기'라 생각하고 대수롭지 않게 여긴다. 부모들은 아이들과 말이 통하지 않으면 늘 '사춘기'라고 믿는다.

5월 어느 월요일, 필리베르의 '병'은 이렇게 시작되었다.

3. '병'이 심어준 생각

  '병'은 필리베르를 떠밀며 궁금한 것은 무슨 일이 있어도 끝까지 파헤치라고 부추겼다. 그렇다. 필리베르는 궁금한 것을 알아볼 가치가 있다고 '굳게' 믿었다.

가장 이상한 일은 세상이 조금 전과 비교했을 때 새로운 의미를 띠기 시작했다는 것이 아니다. 지금까지 익숙했던 모든 습관이 흔들리기 시작했다는 것이다.

세상에 대해 호기심이 생긴 것은 처음이 아니었다. 그러니 놀랄 것도 없었다. 필리베르는 바다, 하늘, 날아가는 새들을 천천히 지켜보기를 좋아했다. 새싹이 트는 것을 볼 때마다 감탄했다. 나무에 분홍색 하얀색 꽃이 피어 무더기를 이루면 기뻐했다.

아주 많은 상황이 호기심을 끌 수 있다. 크건 작건 말이다. 날마다 자농차 만드는 일을 하는 노동자들을 생각해보았다. 눈앞에서 무거운 철판이 자동차 문, 흙받이, 엔진 덮개, 바퀴, 차체의 모양을 갖춘다. 그 하나하나를 자동 수레가 다른 작업자나 로봇에게 갖다 주어 거대한 퍼즐처럼 조각을 맞추어 나간다. 한참동안 무엇인지 알아볼 수 없다가, 별안간 어찌 된 일인지 모르게 자동차가 만들어진다. 이제 한 대 한 대마다 첫 운전자가 탈 것이다. 그러기 전에 의자가 더러워지지 않도록 비닐 덮개를 씌운다. 새 차를 처음 만지는 것이다. 조심하지 않으면 사려던 손님이 그 차를 사지 않겠다고 하거나, 얼룩이나 흠집 때문에 차를 타 보기도 전에 불만을 품을 수도 있다. 조심스럽게 차가 굴러가기 시작한다. 차에서 나는 소리, 시멘트 바닥에 고무 타이어 밀리는 소리조차 들리지 않는다. 뒤쪽의 공장에서 끊임없이 철판을 부수고 모터를

용접하는 소리가 우렁차게 들리는 바람에 갓 태어난 어린 자동차는 새 칠을 반짝이면서도 조금도 자랑스러워하지 않고 주춤거리며 넓은 마당으로 미끄러져 들어가 누군가가 데려가 주기를 기다린다. 이 모든 일이 마법 같다.

기차도 그렇다! 아무것도 신경 쓰지 않고 전속력으로 달리는 기차가 아니라, 역에 정차하여 거대한 짐승처럼 가르랑거리며 앞으로 뛰쳐나갈 힘을 가다듬는 기차. 드디어 부르릉부르릉 소리를 낸다. 숨을 훅 들이쉰다. 초조해한다. 기분 좋은 기름 냄새와 먼지 냄새를 풍기며 이상한 열기에 휩싸여 있다. 추운 겨울이면 더 잘 알 수 있다. 기차 옆에 서 있으면 사람이 아주 조그맣게 느껴진다. 두렵기도 하지만 그 두려움을 즐기기도 한다. 그 두려움은 인간이 만든 것에서 비롯되었고, 인간이 원하는 것이 꼭 나쁘지는 않기 때문이다. 사람들이 죽든 말든 아무 신경 쓰지 않고 마을을 덮치는 벼락이나 화산, 지진과는 전혀 다르다. 인간이 만든 것 가운데 그 정도로 무서운 것은 전쟁뿐이다.

오늘 아침은 전쟁 생각을 하고 싶지 않았다. '병'이 친숙한 세상이 더 좋다고 속삭였다. 이 세상은 평범한 사람들이 좋아할 수 있는 것으로 가득 차 있다. '병'은 필리베르를 떠밀며 궁금한 것은 무슨 일이 있어도 끝까지 파헤치라고 부추겼다. 그렇다. 필리베르는 궁금한 것을 알아볼 가치가 있다고 '굳게' 믿었다.

그 순간 머릿속이 조금 복잡해지기 시작했다. 두서없이 아무 생각이나 떠올렸다. 그러다 기차 생각으로 되돌아갔다. 왜 기차 옆구리에 돋을새김이나 칠로 씌어 있는 큰 숫자들이 떠올랐을까? BB16540, BB15498, BB16302. 아무 의미도 없고 아무도 신경 쓰지 않지만, 가장 중요한 표시가 될 수도 있다. 그럴 마음만 있으면 된다. 필리베르는 같은 이야기가 무엇에나 통한다는 생각이 들었다. 벽에 비친 불빛이 도마뱀 모양 같다든가. 카펫이나 구름도 그렇다. 이를테면 책가방 일도 그랬다. 선생님 실수로 잘못도 없이 벌을 받은 날, 책가방에 분풀이를 하고 싶었다. 자동차 문에 일부러 가방을 낀 채 확 닫았다. 아직도 책가방에는 조그맣게 반달 모양 자국이 남아 있다. 그날처럼 모든 사람이 신경을 곤두세우는 날이 더러 있다. 선생님, 엄마, 아빠, 경찰관들까지. 그날은 심지어 텔레비전까지 고장이 났다! 갑자기 떠오른 기억이었다. 필리베르는 머릿속에 이런저런 장면이 떠오르도록 내버려 두었다. 그렇게 해서 아무것도 아닌 일을 기억에 남을 만한 모험으로 바꾸었다. 책가방 이야기로 책 한 권쯤은 거뜬히 쓸 수 있을 것 같았다.

한 가지 의문이 떠올랐다. 왜 사람들은 보통 자기가 하는 일에 무관심할까? 왜 갓 만든 자동차를 시운전하는 운전사는 그 일을 대수롭지 않게 생각할까? 차를 제대로 쳐다보지도 않는다. 쓰다듬어 주지도 않는다. 하루에도 천 번씩, 날마다, 평생 같은 일을 하기 때문일까? 그럴 만한 이유가 있는 것일까? 필리베르는 이유를 알면, 넘어지거나 길을 잃지 않도록 견고한 것에 의지할 수 있다면 불안하지 않으리라는 것을 깨달았다. '병' 덕분에 그런 생각이 들었다. 어쨌든 그렇게 믿고 싶었다. 그 병이 머릿속에 깨어 있는 사람의 중요성을 심어 주었다.

"네가 이런 생각을 심어 주었다면 끝까지 나에게서 떠나지 마."

병은 물론 대답하지 않았다. 필리베르는 매달렸다.

"나를 버리지 않을 거지?"

"……"

"그렇지?"

필리베르는 갑자기 조그만 전기가오리가 등을 문 것처럼 움찔했다. 어쩌면 이것이 무슨 신호일지도 모른다. 아무것도 아닐지도 모르고. 아무거나 쉽게 상상하지 말아야 한다고 다짐했다.

하지만 덕분에 정말 즐거웠다!

4. 습관에 물든 나를 만나다

호기심을 품게 해 준 '병'이 고마웠지만, 오늘 아침에 당황한 것을 생각하면 자신도 얼마나 습관에 물들어 있는지 알 수 있었다.

얼마간 시간이 흘렀다. 10분 정도 지났을 것이다. 현관문 앞에 멍하니 서 있었다. 무슨 생각을 할 수 있는지 알고 싶다는 생각에 빠져 문 여는 것도 잊었다. 엄마가 재촉하는 바람에 그제서야 정신을 차렸다. 밖으로 나왔을 때는 다녀오겠다고 인사를 했는지, 조심하라는 소리를 들었는지조차 기억이 나지 않았다.

길거리로 나왔다.

필리베르의 상태는 거의 나아지지 않았다.

일찍 집을 나섰으니, 즐거운 마음으로 '처음' 주위를 둘러보았다. 오토바이를 묶어 놓은 가로등이 보였다. 장 밥티스트 카뮈는 저녁마다 그 가로등에 조심스럽게 오토바이를 묶어 놓았다가 이튿날 아침 반가운 얼굴로 다시 찾아 간다. 코베 아저씨 집과 앙브로지노 아저씨 집은 아까 보았다. 제법 잘 다듬어진 산울타리와 각각 지붕 위에 솟은 바보 같은 굴뚝. 좀 떨어진 곳에서는 마르탱 아줌마가 벌써 가게 문을 열었다. 곧 도매 시장에서 가져온 과일과 채소들을 진열할 것이다. 8시 정각에 알리베르 할머니가 와서 수프에 넣을 당근 3개(4개가 아니라 3개!)와 순무 3개, 토마토 3개, 감자 3개를 달라고 할 것이다. 잠시 뒤에는 잊지 않고 호박 '3개'를 덧붙일 것이다.

마르탱 아줌마는 모르는 척 물을 것이다.

"오늘 아침은 무엇을 드릴까요?"

평소처럼 알리베르 할머니는 망설이며 말할 것이다.

"글쎄. 이번에는 맛있는 채소 수프를 끓여 볼까? 좋았어! 그러니까 당근 세 개, 토마토 세 개, 감자 세 개만 줘요."

그러면 마르탱 아줌마는 일부러 무게를 재는 흰 양철통에 당근을 대여섯 개 넣을 것이다.

"아니! 아니!"

알리베르 할머니는 당황해서 소리를 지를 것이다.

"누굴 병원에 보내려는 거야? 오늘은 당근 세 개면 돼."

마르탱 아줌마는 알리베르 할머니를 기쁘게 해 주려고 날마다 하는 장난을 되풀이하는 것이다. 그 방식은 조금도 변함이 없다. 그다음은 토마토와 감자 차례일 것이다. 필리베르는 백 번도 더 본 그 짧은 희극을 생각하면서 웃음을 지었다. 그 연극은 이제 일과 중 하나가 되었다.

삶을 변화시킬 힘이 사라진 사람들과 아직도 삶에서 뜻밖의 일이 생기는 것을 즐기는 사람들의 차이를 깨달았다. 호기심을 품게 해 준 '병'이 고마웠지만, 오늘 아침에 당황한 것을 생각하면 자신도 얼마나 습관에 물들어 있는지 알 수 있었다. 어떤 의미에서는 알리베르 할머니보다 낫다고 할 수 없었다.

5. 새로운 경험

필리베르에게 '병'이 찾아왔을 때, 장 밥티스트에게도 새로운 삶이 찾아왔다. 둘 다 새로운 경험을 하게 될 것이다. 둘 사이에 평소와 다른 일이 생길 것이다.

다시 한 번 '병'에게 자신을 버리지 말아 달라고 부탁했다.

그때 장 밥티스트 카뮈가 오토바이로 다가가는 게 보였다. 필리베르는 장 밥티스트를 부러워했다. '어른'이라서가 아니라, 자동차 정비소에서 일하기 때문이다. 장 밥티스트는 자동차를 수리하는 일을 했다. 필리베르는 수업이 없는 수요일 오후마다 장 밥티스트가 자동차를 고치는 모습을 구경하러 가곤 했다.

마지막에는 언제나 장 밥티스트가 수건으로 꼼꼼하게 두 손을 닦은 뒤 정성들여 수리한 자동차를 시운전하는 달콤한 순간이 온다. 오른발을 액셀러레이터에 올리고 왼발은 땅에 둔 채 핸들 앞에 반쯤 걸터앉은 모습을 보면, 그 차가 당연히 움직일 거라고 자신만만해 하는 것이 느껴진다. 장 밥티스트는 창피를 당하지 않으려고 태연한 척하는 것이다. 스무 살 때는 기계가 말을 듣지 않는 것을 못 참는 법이니까. 때때로 기계가 아무 반응이 없거나 처량하게 캑캑 소리를 내뱉다 덜컥 멈춰 버리면 욕설을 퍼부으며 다시 고치기 시작했다. 대개는 다행히 수고를 보상해 주는 야성적인 시동 소리가 났다. 장 밥티스트는 몇 번이나 액셀러레이터를 힘껏 밟으며 누가 승자인지 확실하게 보여 주었다. 필리베르는 그럴 때 장 밥티스트가 보이는 의기양양한 웃음을 좋아했다. 승리에 찬 얼굴을 살펴보면 긴 곱슬머리 덕분에 기적을 이룬 성자 같아 보였다. '기계는 남자의 일이다.' 그것이 장 밥티스트의 좌우명이었다.

장 밥티스트는 일이 익숙해지면 싫증을 내는 기술자들과는 달랐다. 장 밥티스트라면 필리베르가 느끼는 신기한 기분을 이해해 줄지도 모른다.

필리베르는 중얼거렸다.

"병이 그렇게 해 주었으면."

아쉽게도 오늘은 그럴 것 같지 않다. 장 밥티스트가 무서운 얼굴을 하고 있었다. 지금껏 아무리 고치기 힘든 기계 앞에서도 그런 얼굴을 한 적은 없었다! 장 밥티스트가 오토바이에 올라타 자동차 정비소로 출근하는 대신 화난 사람처럼 체인을 풀어 집으로 끌고 가자 더욱 걱정이 되었다. 오토바이가 고장이 났다고는 상상도 할 수 없었다. 고장이라니! 장 밥티스트의 말을 듣지 않는 오토바이는 없었다. 하물며 천 번도 더 분해하고 조립해서 천 배는 더 좋게 고친 자기 오토바이라면 말할 것도 없었다.

장 밥티스트는 오토바이를 강아지처럼 사랑스럽게 쓰다듬으며 몇 번이고 말했다.

"내 덕분에 이놈이 진짜 오토바이가 되었지."

그런데 오늘은 그렇지 않았다. 장 밥티스트는 오토바이를 마구 때렸다. 오토바이가 비틀거렸다. 욕도 퍼부었다. 필리베르가 책가방에 분풀이를 하듯, 장 밥티스트는 오토바이에 분풀이를 하고 있었다.

"에잇, 에잇, 에잇!"

모처럼 필리베르의 삶에 새로운 일이 닥쳤는데, 말이 통할 만한 단 한 사람이 이야기를 들어 줄 상황이 아니었다. 장 밥티스트는 건물 복도가 울리도록 욕설을 퍼부으며 오토바이를 빠듯해 보이는 좁은 방에 집어넣으려고 애썼다. 주인 없는 오토바이를 보관하는 장소 같았다.

문 닫는 소리가 나는 걸 보니 씨름 끝에 간신히 오토바이를 집어넣은 모양이었다. 장 밥티스트가 나왔다. 필리베르를 보자 다행히 흥분을 가라앉히고 나란히 걷기 시작했다.

"너, 아냐? 내가 어디 가는지? 한번 맞혀 봐! 나, 군대 간다. 군대! 내가! 군대라니! 다 없애 버리고 싶어!"

"그런 얘기 안 했잖아……."

"말하기 싫은 일도 있어!"

화를 누르려고 해도 생각할수록 화가 치솟는 모양이었다.

"내가! 군대라니……."

필리베르는 조심스럽게 위로했다.

"혼자만 가는 건 아니잖아. 친구가 생기겠지. 나도 형을 보러 갈게. 재미있을지도 몰라. 군부대는 철책으로 둘러싸여 있잖아. 동물원에 와 있다고 생각해 봐!"

장 밥티스트는 피식 웃었다. 필리베르의 손을 잡았다. 누가 누구를 데리고 가는지 알 수 없었다.

둘은 말없이 걸었다.

생각해 보면 우연이라는 것은 부지런하기도 했다. 필리베르에게 '병'이 찾아왔을 때, 장 밥티스트에게도 새로운 삶이 찾아왔다. 둘 다 새로운 경험을 하게 될 것이다. 둘 사이에 평소와 다른 일이 생길 것이다. 물론 장 밥티스트가 바란 일은 아니다. 철모를 쓰고 배낭을 짊어지고 무거운 총을 들고 행진하는 일은 하나도 재미가 없을 것이다. 줄곧 장교들이 이래라저래라 소리를 질러대는 것은 말할 것도 없다. 부대 앞을 지날 때 철책 너머로 고함 소리가 들렸다. 장 밥티스트는 아마도 고생을 하게 될 것이다.

하지만 필리베르도 바란 일은 아니었다! 이 새로운 운명에 장 밥티스트는 만족하고 필리베르는 실망하게 될지 어떻게 알 수 있을까? 병사들은 부대에서 나올 때 노래를 부르고 장난을 친다. 그러니까 군대 생활이 그렇게 끔찍한 것만은 아닐지도 모른다. 그리고 군대에 간다고 곧 전쟁에 나가는 것은 아니다. 운동도 하고, 때로는 낙하산까지 탄다.

그러나 장 밥티스트 앞에서 그런 이야기는 하지 않았다.

필리베르는 이렇게 말했다.

"곧 만나러 갈게. 점심시간에는 학교에서 나올 테니까. 가능하다면 철책 앞으로 나와. 군대 식당이랑 건물들이 길에서 가깝더라. 내 얼굴을 보면 좀 기분이 나아질 거야. 나한테 다 이야기해."

장 밥티스트는 알겠다고 했다. 필리베르의 '병'이 조금은 장 밥티스트의 머릿속으로 옮아간 것 같았다.

"트럭이나 탱크를 맡게 될지도 몰라. 형은 기계 전문가니까. 탱크 일

을 하다니! 근사하겠다!"

 확실히 장 밥티스트는 그런 생각은 못한 듯했다. 기뻐하는 정도가 아니라 아주 황홀해했다. 기운차게 걸음을 재촉했다.

 "네 말이 맞아. 고물차들을 내가 다 바꿔 놓아야지."

 부대 앞까지 왔다. 젊은이들 몇 명이 벌써 와 있었고, 몇 명은 지금 오고 있었다. 몇 사람은 낯이 익었다. 군인 하나가 히죽거리며 젊은이들이 내미는 종이를 살펴보았다. 물어볼 것도 없었다. 장 밥티스트도 무리를 따라가면 되었다.

필리베르가 말했다.

"나도 학교에 가잖아. 별로 다를 것도 없으니까……."

필리베르는 잠시 혼자 서 있다가 달리기 시작했다. 지각할 것 같았다. 그리고 학교도 마찬가지라는 생각을 떨칠 수 없었다.

6. 진리와 낡은 습관들

그 사실을 깨닫고 더는 습관을 지키기 싫어진 사람, 새삼 모든 것에 일일이 놀라게 된 사람은 필리베르뿐인 듯했다.

장 밥티스트와 이야기를 하느라 아무것도 살펴볼 겨를이 없었다. 길거리도 이상해졌는지는 알 수 없었다. 필리베르는 다시 주위를 살펴보기 시작했다. 늦었지만 학교 맞은편 서점 앞에 멈춰 섰다. 평소처럼 드베르나르 아줌마가 지켜보는 앞에서 만화책들을 살펴보았다. 다른 책에는 별로 관심이 없었다. 주로 수학책이나 지리책, 시험 준비에 도움이 되는 여러 참고서들이었다. 대문짝만한 '쉬운 대입' 또는 '대입 기초' 같은 글자들이 보였다. 불안한 마음에 너도나도 사지만 정작 끝까지 보는 사람은 없는 책들이다. 진열창 앞에 놓인 나무 상자 속에는 헌 책들이 있었다. 필리베르는 수학 참고서와 역사 참고서 한두 권을 훌훌 넘겨보았다.

　프랑스어 참고서와 철학 참고서도 있었다. 프랑스어 시간에 무엇을 배우는지는 당연히 잘 알고 있다. 하지만 철학은 몰랐다. 고등학교 3학년이 되어야 철학을 배우는데, 아직 3학년이 아니기 때문이었다. 형이나 누나가 있는 아이들이 시시덕거리며 이야기했다. 철학을 가르치는 칼벨 선생님이 '끝내준다'는데, 그 말은 완전히 돌았다는 뜻이기도 했다. 집에서 어른들이 하는 이야기를 들어서 필리베르도 알고 있었다. 수업 중에 토론을 하는데 때로는 너무 시끄러워서 교장 선생님이 무슨 일인지 보러 온다는 것이다. 칼벨 선생님 시간이라는 것을 확인하면, 교장 선생님은 웃으며 "그럼 그렇지." 라고 말한다.

교장 선생님은 칼벨 선생님에게 화를 내지 않는다. 첫째는 교장 선생님과 칼벨 선생님이 어릴 적 친구이기 때문이고, 둘째는 말다툼도 수업의 일부라고 여기기 때문이다. 필리베르는 그 이야기를 들었을 때 몹시 궁금했다. '철학'이 무엇이기에 다들 그렇게 자기 일로 생각하고 흥분하는 걸까?

카페에서 사람들이 정치 이야기를 하는 것과 비슷할지도 모른다. 생각을 어떻게 발전시키느냐에 따라 인생이 달라지는 만큼 철학은 중요할 것이다. 그렇다면 목소리를 높이는 것도 당연하다.

철학이 우리 습관을 바꿀지도 모른다.

오늘 아침 모든 습관을 고집스럽게 거부하던 필리베르는 그 생각이 아주 마음에 들었다. 헌 책 상자 속을 대충 뒤졌다. 철학 참고서도 있었다. 이를테면 '대학 입시 전 과목 논술 100제' 같은 것이었다. 몇 장을 넘겨보았다. 지문과 문제가 계속 이어졌다. 4쪽에는 거의 모르는 이름들이 죽 나와 있었다. 아리스토텔레스, 오귀스트 콩트, 르네 데카르트, 루크레티우스, 플라톤, 장 자크 루소……. 어떤 사람은 이름까지 나와 있고 어떤 사람은 성만 나와 있었다. 6쪽에는 '개념 찾아보기'가 있었다. 무엇을 찾아보라는 이야기인지 알 수 없었다. 찾아보기에 있는 낱말들을 훑어보았다. '소외: 256, 317.' 무슨 소리인지 알 수 없었다. 조금 아래에 더 눈길을 끄는 낱말들이 있었다. '신: 311, 318.' '전쟁: 336, 363, 366,

395.' '행복: 430~432.'

"행복보다 전쟁 이야기가 더 많이 나오네."

왠지 모르게 신경이 쓰였다.

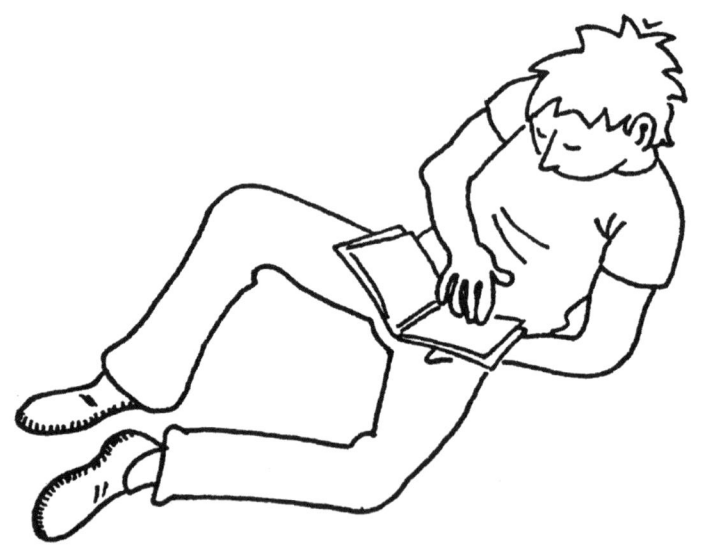

구석에 주저앉아 계속해서 읽었다. '자유: 151, 231, 433~446, 483, 533~544.' '환상: 37~41, 561.'

"이건 좀 낫네."

계속해서 훑어보았다. 기쁨, 의지, 자연, 정치, 죽음, 진리, 평화, 혁명…….

필리베르는 외쳤다.

"진리! 바로 이거야."

진리에 해당하는 질문들을 읽어 보았다.

"진리가 위험할 수 있는가?, 이성적으로 진리를 의심할 수 있는가?, 언제나 진리를 말해야 하는가?"

'병'이 도지는 느낌이 들었다. 그 때문에 이렇다 할 이유도 없이 몇 장을 더 넘겨 보았다. 그러다 마음이 급해져서 그 조그만 초록색 책을 아무데나 막 펼치기 시작했다.

"다른 사람이 나를 도와줄 수 있는가?, 환상을 두려워해야 하는가?, 누군가에게 자유로워지라고 강요할 수 있는가?, 철학을 하려면 모든 것을 의심하는 것부터 시작해야 하는가? ……."

책 넘기기를 멈췄다. 지나치게 빠져들고 싶지 않았다.

흥미로운 질문들이었지만, 왜 '철학'은 질문으로만 이야기하는지 알 수 없었다.

"철학은 다른 과목들처럼 설명할 수 없나?"

또 질문이다.

자신도 질문을 던졌다는 걸 깨닫고는 웃음이 나왔다. 왜 진리를 믿을 수 없게 되었는지 조금씩 알 것 같았다. 진리는 머릿속의 생각과 생각하는 대상을 일치시킬 때 생기는 것이다. 처음에는 아무것도 없는 줄 알았다가 무언가가 있을 수 있다는 사실에 몹시 놀라지만, 조금씩 더 이상 놀라지 않게 된다. 그것을 알게 되는 순간, 바로 진리가 생겨난다.

예를 들어 '자동차'를 생각해 보자. 큼직하고 둥그스름한 바퀴와 엔진, 운전대가 있고, 트렁크나 옆면에 SUPER GTI, 16V, 1800 GSX, TURBOTRACTION 따위의 글자가 새겨진 기계를 보면 진짜 자동차라는 것을 안다. 그 글자들의 의미를 누구나 아는 것은 아니지만, 장 밥티스트처럼 잘 아는 사람들은 정신없이 바라보며 빙그레 웃는다. 그 차가 자기 것이기를 바란다. 필리베르는 그런 자동차가 정비소에 들어왔을 때 장 밥티스트가 그 차를 돌보고 싶어 안달하는 모습을 보았다. 그 기계를 열렬히 찬미할 수 있는 순간을 고대하는 것이다.

장 밥티스트는 소리쳤다.

"필리베르, 이 차 좀 봐. 진짜 멋지지!"

단 하나뿐인 진귀한 물건을 다루듯 조심스럽게 엔진 덮개를 열고 있었다. 그러고는 애정을 담아 부품 하나하나를 어루만지며 점검했다.

장 밥티스트가 그런 일을 하면서도 바보 같아 보이지 않는 것은 그 기계의 진리를 소유했기 때문이다. 필리베르는 자동차 전문 잡지에서 '오버헤드 캠축', '서보 브레이크', '최저 지상고' 같은 낱말을 보든 조금 전 조그만 초록색 참고서에서 '소외' 같은 낱말을 보든 무의미한 낱말과 마주칠 뿐이지만, 그 말들은 모두 풍부한 의미와 현실성을 가지고 있었다. 장 밥티스트는 자동차 부품을 만질 때 더 이상 말과 사물을 구별하지 않았다. 기계 장치를 조작하며 나직하게 그 이름을 불렀다. 유일한 기쁨, 단 하나의 기쁨만 남았다. 그렇다. 그 경지에 이르면 이미 진리를 소유한 것이다.

그러나 불행히도 오늘 아침부터 진리는 갑자기 낡아버린 습관들과 엮인 듯했다. 자신은 학교에 가는 습관, 마르탱 아줌마는 가게를 여는 습관, 알리베르 할머니는 그 가게에서 당근 3개를 사는 습관이었다.

장 밥티스트도 마찬가지였다. 자기 습관을 사람들이 바꾸어 놓아서 화가 나 있었다. 그 사실을 깨닫고 더는 습관을 지키기 싫어진 사람, 새삼 모든 것에 일일이 놀라게 된 사람은 필리베르뿐인 듯했다. 모든 것에 대해 다시 순진해지고 싶었다. 그러니까 이런 일이 일어난 것이다. 세상이 정말 변했기 때문이 아니라, 세상을 달리 생각하게 되었기 때문에 다르게 본 것이다.

"변한 것은 나야!"

그건 좋은 일이라고 생각했다. 다른 것은 죄다 짜증이 나는데 내가 변했다는 건 마음에 들었다.

"그렇다면 칼벨 선생님은 어떨까? 학생들과 토론하는 **습관**이 있을까? 토론이 되지 않으면 어떻게 될까? 하는 말마다 다들 '네' '네' 하면서 얌전히 듣기만 하면, 선생님이 어떤 얼굴을 할까?"

필리베르는 우두커니 서 있었다. 학교 종이 울리는 소리도 듣지 못했다. 뒤늦게서야 깨닫고 있는 힘을 다해 달려가 헐떡이며 자기 자리에 앉았다. 결국 필리베르가 앉는 **습관**이 있던 자리였다. 다른 아이들이 모두 와 있어서 다른 자리에 앉을 수 없었다. 습관을 바꿀 첫 번째 기회를 놓친 것이다.

"출발이 좋군!"

필리베르는 비꼬듯이 중얼거렸다.

7. 프랑스어 수업

 하지만 삶은 루지에 선생님 손아귀에 들어간 시처럼 지루해져서는 안 된다.
 "이제 그런 건 끝났어. 끝이야, 끝."

첫째 시간은 프랑스어였고, 그럭저럭 지나갔다. 프랑스어 루지에 선생님은 필리베르에게 별로 관심도 없었고 귀여워하지도 않았다. 필리베르가 하는 일은 거의 오해할 때가 많았다. 시 암송이나 문법은 외우면 되니까 넘어갈 수 있었다. 하지만 글짓기는 달랐다. 반 평균도 안 되었다. 점수가 나빠도 집에서 별로 혼내지 않으니 큰일은 아니었다. 글짓기에 소질이 없다고 생각할 뿐이다. 부모님은 글짓기보다는 명백한 진리가 많고 의외성이 드문 수학을 더 잘하기를 바랐다.

다만 글짓기 주제를 잘 풀어내려고 무진 애를 쓴 숙제에 루지에 선생님이 '낙제' 또는 '주제에서 벗어났음'이라고 대문짝만 하게 써서 돌려주는 것은 참기 힘들었다. 머릿속에서 아주 훌륭한 생각을 꺼내 놓아도 어찌나 몰라주는지 울고 싶을 때도 있었다. 가장 끔찍한 것은 선생님이 숙제를 제대로 읽지도 않는다는 사실이었다. 문장을 살리려고 얼마나 공을 들였는지는 상상도 못하고 개미 행렬이라도 되는 듯 멍하니 낱말들만 따라가는 것 같았다. 그 글이 '진실'일 수도 있다고는 상상도 하지 못했다. 루지에 선생님이 찾아내지 못한 맞춤법 실수를 부모님이 찾아냈을 때 그 점을 확실히 깨달았다.

선생님은 필리베르가 아무 쓸모도 없다고 생각해서 별로 관심이 없는 듯했다. 한편, 샹탈 아버지가 반 아이들에게 법원 견학을 시켜주기로 약속하자 샹탈한테는 괜히 웃어 주었다. 필리베르는 머릿속에 든 생각 말고는 약속할 것이 아무것도 없었다. 깊이 생각해서 솔직하게 글을 썼는데 제대로 읽지도 않았다는 사실을 알게 되면, 얼마나 상처가 되는지 모른다. 그래서 필리베르는 무슨 일이 있어도 작가는 되고 싶지 않았다. 사람들은 작가에게 바랄 것이 없다고 생각하면 숫제 책을 읽지도 않기 때문이다.

다행히 루지에 선생님이 필리베르에게 관심이 없으니까 필리베르도 선생님에게 관심을 두지 않았다. 오늘 아침 수업 시간에는 자신의 '병'을, 그리고 부대 연병장으로 사라진 장 밥티스트를 생각했다. 장 밥티스트는 삶에서 빌려나 꼬박 1년을 보낼 생각에 진저리를 치며 슬퍼하고 있을 것이다.

선생님이 빅토르 위고의 시 이야기를 하고 있었지만 필리베르는 듣지 않았다. 혹시 몰라서 외워 오기는 했다. 외울 수 있는지 속으로 읊어 보았다.

'6월이다. 참새는
들판에서 연인들을 놀리고
담장 위 꾀꼬리는
돌 둥지 속에서 노래한다.'

시가 이렇게 어이없이 햄 덩어리처럼 토막토막 잘릴 수 있다는 사실이 슬펐다. 하지만 삶은 루지에 선생님 손아귀에 들어간 시처럼 지루해져서는 안 된다.

'이제 그런 건 끝났어. 끝이야, 끝.'

필리베르는 아무것도 그냥 넘어가지 않기로 마음먹었다. 아마 벌을 받을 것이고, 학교가 끝난 뒤 몇 시간 동안 반성실에 남아 있어야 할지도 모른다. 그래도 어쩔 수 없었다. 어차피 이제 수요일 오후에 자동차 정비소에 갈 일도 없을 테니까.

'어쨌든 진리를 의심하면 위험한지 알아보는 것도 재미있겠지.'

8. 르네 데카르트

'필리베르'의 머릿속에 가장 먼저 떠오른 이름이었다. 조금 전 철학 책에서 보았다

종이 울리고 프랑스어 수업이 끝났다. 다음은 역사 시간이었다.

역사를 가르치는 미슐레 선생님은 좋은 분이었다. 그냥 좋은 정도가 아니었다. 학생들을 사랑하고 역사에 대해 말하기를 좋아했다.

미슐레 선생님은 교실에 들어오면 언제나 가장 먼저 교탁 옆, 늘 똑같은 자리에 조심스럽게 의자를 갖다놓고 교탁 모서리에 앉았다. 기타를 칠 것처럼 한 발을 의자에 올려놓았다. 선생님의 습관 중 하나였다.

그다음에 출석을 불렀다. 다른 선생님들처럼 학생들의 성을 부르지 않고 이름을 불렀다. 그러니 알파벳 순서가 뒤죽박죽 섞이는 것은 당연했다.

"프랑수아, 노르베르, 필립, 에밀, 앙투안, 샹탈, 기욤, 클레망틴, 장 로베르……."

이름을 부를 때마다 곧바로 대답이 나왔다.

"네!"

"네!"

"네!"

"네!"

"네!"

아이들이 대답할 때마다 선생님은 출석부에 조그맣게 표시했다.

"소피."

"네!"

"필리베르."

 대답이 없었다. 선생님은 필리베르가 앉아 있는 것을 확인하고 다시 불렀다.

"필리베르!"

대답이 없었다.

"뭐냐? 필리베르! 꿈이라도 꾸고 있냐?"

필리베르는 대답 대신 빙긋 웃기만 했다. 선생님은 화가 났다기보다 신기하다는 듯이 다가왔다. 말해 두지만 미슐레 선생님은 좀처럼 화를 내지 않았다. 워낙 아는 것이 많아서 어느 상황이든 늘 재치있는 대꾸나 재미있는 이야기로 받아쳤다. 하지만 이런 일은 선생님도 전혀 예상하지 못한 듯했다. 어떻게 해야 할지 고민하고 있었다. 필리베르를 똑바로 바라보았다.

"대답하기 싫으냐?"

"아니에요, 선생님. 그런 건 아닌데요."

필리베르는 예의바르고 진지하게 대답했다.

"그러면 왜 이름을 부르는데 대답하지 않지?"

"제 이름은 '필리베르'가 아니니까요."

아이들이 영문도 모르면서 키득키득 웃기 시작했다. 안경 너머 미슐

레 선생님의 눈이 둥그레졌고 얼굴색도 조금 붉어졌다.

"지금 장난하냐?"

"아니에요, 선생님. 선생님이 부른 이름이 제 이름이 아니라는 것뿐이에요."

"그럼 네 이름이 뭔데?"

"르네 데카르트(근대철학의 아버지라 불리는 프랑스의 철학자_옮긴이)입니다!"

"르네 데카……?"

'필리베르'의 머릿속에 가장 먼저 떠오른 이름이었다. 조금 전 철학책에서 보았다. 선생님은 기가 막힌 표정이었다. 게다가 '필리베르'는 미슐레 선생님이 철학을 가르치는 칼벨 선생님과 친하다는 것을 알기 때문에 철학자 이름을 골랐다. 미슐레 선생님과 칼벨 선생님이 함께 다니는 모습을 자주 보았다. 이를테면 같이 점심을 먹으러 가면서 한쪽은 철학자를 깎아내리고 한쪽은 역사학자를 헐뜯곤 했다. 미슐레 선생님은 그런 깊은 뜻까지 이해하지는 못했다. 하기야 그럴 만도 했다.

선생님은 반사적으로 되물었다.

"르네, 르네 데카르트? 머리가 이상해졌냐? 차라리 장 자크 루소라고 하지, 왜?"

"저는 분명히 르네 데카르트고, 다른 이름으로 바꿀 이유가 전혀 없는데요."

교실에서 이런 소리를 하는 것은 확실히 장난으로 보였다.

"그게 아니라는 건 너도 알잖아!"

"사실인지 아닌지 누가 알아요?"

"어제는 필리베르라고 한 거 맞지?"

"그랬으면 제가 잘못 안 것뿐이에요. 예전에 잘못 알던 것도 엄청 많아요. 그래서 언젠가는 생각을 바꿔야 하지요. 어릴 때는 저도 산타클로스를 믿었지만 지금은 산타클로스가 없다는 걸 잘 알아요. 필리베르든 뭐든 그게 제 이름이라고 믿은 것도 마찬가지예요. 두 가지 주장 중에 어느 쪽이 사실인지 어떻게 알아요?"

'필리베르'가 우겼다. 왜 지금 하는 말이 흠잡을 데 없다는 기분이 드는지 알 수 없었다. 무언가를 단언하고 그것이 진실이라고 믿기만 하면 진실이 되는 것이다. 그렇지 않으면 어떻게 생각을 바꿀 수 있을까?

"선생님이 수업 시간에 하는 이야기는 믿지만……."

"그랬으면 좋겠구나! 그건 사실이니까."

"어떻게 알아요?"

"사실이니까!"

"누가 그랬는데요?"

"책에 나와 있어. 정말 있었던 일이라는 것을 증명하는 자료들이 있다. 말만 해 봐야 소용없겠지?"

선생님은 가방에서 책을 꺼냈다. 책을 훌훌 넘겼지만 펼칠 곳을 찾지 못했다. 아마 별로 실물과 닮지 않은 옛날 채색 판화들이 나와 있을 것이다. '필리베르'는 이미 알고 있었다.

"그것 보세요. 선생님 책도 〈라퐁텐 우화〉나 〈이상한 나라의 앨리스〉처럼 사실이 아니기는 마찬가지예요."

"이 책의 내용은 증명된 거야. 증거도 있고."

선생님은 교과서 맨 앞을 펼쳤다. 교과서를 쓴 사람들 이름이 굵은 글씨로 나와 있었다. 자그마치 16명이나 되었다.

미슐레 선생님이 이름 몇 개를 읽었다.

"장 미셸 랑블랭, 장 뤽 카르통, 장 뤽 빌레트, 루디 다미아니, 자크 마르탱, 피에르 데플랑크……."

학생늘의 출석을 부르고 나니 이제는 교과서를 만든 사람들의 출석을 부르고 있었다. 그러더니 계속해서 학위를 읽었다.

"역사학 교수 자격 소지자, 역사지리 중등교원 자격 소지자, 릴3대학 강사……."

아이들은 '교수 자격'이나 '중등교원 자격'이 무엇을 뜻하는지 잘 몰랐기 때문에 오히려 수상하다는 생각이 들었다. 결국 '필리베르'의 말이 옳을지도 모른다고 생각했다. 학위를 땄다고 해서 그날부터 요술처럼 똑똑해지는 것은 아니다. 학위를 따기 전부터 똑똑하지 않았으면 학위를 딴 뒤에도 별로 똑똑하지 않을 것이다. 학위는 선물 같은 것이다. 똑똑하지 못한 사람이 학위를 받으면 더욱 기뻐할 것이다. 불안감을 떨칠 수 없기 때문에 남들이 말하는 실력을 가지고 똑똑한 척하는 것이다. 정말 자신의 가치를 믿는다면 그러지 않을 것이다. 선생님들은 부모와 비슷할 때가 많다. 아이들 앞에서 다 아는 척하지만, 금세 모르는 것이 많다는 사실이 들통 난다. 다른 사람들과 마찬가지다. 본바탕은 나이 든 어린아이들일 뿐이다!

필리베르가 말했다.

"우리는 선생님이 재미있으니까 믿고 싶은 것이지, 교사 자격증 때문에 믿는 게 아니에요."

"그래도……."

미슐레 선생님이 무슨 말을 하려고 했다.

필리베르가 대꾸했다.

"'그래도'는 없어요. 우리가 좋아하는 건 선생님이에요. 선생님이 바뀌면 역사 시간은 죽도록 지루해질 거예요."

미슐레 선생님은 필리베르의 말이 맞다는 걸 잘 알고 있었지만, 인정할 수는 없었다. 선생이라는 직업 때문에 할 수 없는 말들이 있었다.

앙투안이 중얼거렸다.

"르네, 잘한다!"

필리베르는 앙투안의 말을 알아들었다. 그래서 덧붙였다.

"사람들은 습관적으로 하던 말을 반복할 뿐이에요. 습관을 바꾸면 세상도 바뀔 거예요."

아이들의 얼굴이 밝았다. 무엇보다 수업 시간에 공부를 하지 않고 있었기 때문이다. '필리베르'는 짐짓 학교에서 많은 것을 배우는 이유가 그저 선생님들이 시키기 때문이라는 이야기를 하고 있었다. 선생님들은 다른 선생님들, 책 맨 앞에 이름과 학위가 나와 있는 선생님들에게 배웠다. 알지도 못하는 책을 쓴 숱한 사람들은 둘째 치더라도 말이다. 그중 한 사람만 농담을 하더라도 나머지 사람들은 모두 똑같이 따라할 것이다.

역사책 44쪽에는 악마를 그린 그림이 나와 있었다. 장난은 아닐까? 그리고 100쪽에서 잔 다르크는 성인들의 목소리를 들었다는데, 그 이야기가 사실인지 어떻게 알 수 있을까? 게다가 어째서 교과서에 중세 시대 사람들의 생활을 보여주는 만화를 실었을까? 학교에 만화를 가져오면 루지에 선생님에게 빼앗긴다. 만화는 너절한 헛소리니까 보면 안 된다는 것이다. 사실 뭘 모르는 사람은 루지에 선생님이다.

악마가 존재하고 잔 다르크가 대천사 미카엘의 목소리를 들었다고 믿는다 해도, 그 이야기가 진리냐 아니냐 하는 문제는 해결되지 않는다. 남들이 '하얗다' 또는 '빨갛다'고 할 때 '까맣다'고 맹세해 봤자 증명되지 않는 것과 같다.

미슐레 선생님은 아무 말도 하지 않았지만 비슷한 생각을 한 듯했다. 전설은 상상의 산물이니까 믿으면 안 된다고 설명한 적이 많기 때문에

꼼짝없이 함정에 빠지고 말았다. 당황한 나머지 선생님은 자신이 하는 이야기들은 전설이 아니라는 것을 어떻게 설명해야 할지 모르게 되었다. 아마 설명할 수 없을 것이다. 선생님의 권위가 흔들리고 있었다.

'필리베르'는 빙그레 웃었다. 그 여유로운 웃음이 가장 참기 힘들었다. 그 웃음을 보고 있노라면 가장 확고한 믿음조차 흔들렸다.

미슐레 선생님이 외쳤다.

"너 어디 아프냐?"

선생님은 무심코 옳은 말을 했다. 어떻게든 빠져나갈 길을 찾아야 했다. 늘 그렇듯 이런 경우에는 칼자루를 쥔 쪽이 유리하다.

"당장 나가라! 집에 가! 두 시에 교장실로 가서 이 일을 설명해야 할 거다. 그때까지 나가 있어라. 르네 데카르트 녀석아!"

교실 안이 술렁거렸다.

"좋겠다!"

"선생님, 저는 샤를마뉴인데요."

"저는 율리우스 카이사르예요."

"저는 빅토르 위고."

"저는…… 저는……."

"모두 나가!"

9. 변화의 날

　미슐레 선생님뿐 아니라 자신도 진리라고 여겼던 생각 자체를 의심하기 시작하자 삶 전체가 허공에 떠 버리는 것 같았다. 멍청한 짓 같지만 의심하지 않을 수 없었다.

필리베르는 꾸물거리지 않고 재빨리 교실을 나왔다. 교무실 앞을 지나지 않으려고 일부러 돌아서 갔다. 이 시간에 선생님들 눈에 띄었다가는 뭔가 사고를 쳤다는 것이 당장 들통날 것이다.

다시 길거리로 나왔을 때는 10시가 조금 넘었다. 교실에서 있었던 일을 생각하니 얼떨떨했다.

"세상을 바꿀 수 있어!"

기대 이상이었다. 물론 현명한 미슐레 선생님은 필리베르의 버릇없는 행동을 심각하게 받아들이지 않았다. 한동안은 장단도 맞추어 주었다. 역사를 전설의 연속이라 할 수도 있다는 사실을 깨달았을 때 비로소 당황했다. 역사가 곧 선생님의 삶이고 역사가 진리임을 믿지 못하게 되면, 이것은 삶의 의미 전체를 흔드는 일이다. 학생들 역시 역사를 믿을 필요가 있었다. 믿고 싶어지는 수업을 듣는 것은 매우 즐거웠다. 정말 믿고 싶어질 수밖에 없었다. 전에는 필리베르 자신도 늘 수업 내용을 믿었고, 건방지게 굴거나 못되게 구는 짓은 꿈도 꾸지 않았다. 이야기를 하다 보니 그렇게 되었을 뿐이다. 미슐레 선생님뿐 아니라 자신도 진리라고 여겼던 생각 자체를 의심하기 시작하자 삶 전체가 허공에 떠 버리는 것 같았다. 명청한 짓 같지만 의심하지 않을 수 없었다.

악마가 말하고 싶지 않은 것을 말하게 만드는 장난을 쳤다. 예를 들어 2 더하기 2는 4라고 하면, 악마가 몰래 '2 더하기 2는 4'가 존재하지 않게 만드는 것이다. 실제로 그렇게 만들어서 '2 더하기 2는 4'는 존재한 적이 없고 '2 더하기 2는 6'이 진짜 진리일 수도 있다. 그래도 사람들은 깨닫지 못할 것이다. 사물에 이름을 붙여도 실제로 존재하는 것은 다른 사물이다. '의자'가 뜻하는 것은 의자가 아니고, '집'이 의미하는 것은 집이 아니고, '자동차'도 자동차가 아니고…….

어느새 실제로 무엇을 말하는지 알 수 없게 될 것이다. 사실은 사람들이 '르네'라고 불러야 하는데, 악마가 오늘 아침까지 '필리베르'라고 부르게 만들었을지도 모른다. 모든 것이 마찬가지였다.

"그렇게 생각하니까 무섭네."

사람들은 때에 따라 걷혔다 처졌다 하는 장막 뒤에 사는 것일지도 모른다. 장막이 걷혀 있는지 처져 있는지는 결코 알 수 없다. 배경이 끊임없이 바뀌는 만화 속 주인공과 같다. 매번 어떤 세계가 펼쳐지지만 절대로 같은 세계가 반복되지 않는다. 그렇다면 무엇을 알 수 있을까? 꿈과 현실의 차이가 없어질 것이고, 오히려 삶이 꿈이라면 더 좋을 것이다. 진리는 **필요** 없어질 것이다. 마음이 내킬 때만 재미로 진리를 찾을 것이다. 꼭 찾아야 하기 때문이 아니라 그저 재미로 말이다.

바로 필리베르의 병이 그랬다. 아무리 중요한 생각이라도 무조건 강요하는 것은 절대로 싫었다. 언제나 한편에 상상의 여지가 있기를 바랐다. 웃으면서 진리에 대해 이야기할 수 있기를, 그래서 속지 않았음

을 보여줄 수 있기를. 그냥 말하고 싶으니까 진리에 대해 이야기하기를 바라는 것이다. 함께 놀고 싶은 친구처럼 진리를 좋아하니까.

문제는 놀이의 규칙을 아는 것이다.

"지금은 장막이 걷혀 있을까, 처져 있을까?"

본의 아니게 미슐레 선생님을 곤란하게 만들었다. 선생님도 상황을 알아차렸기 때문에 그 정도로 넘어간 것이다. 알아차렸다는 증거로 선생님은 화를 내지 않았다. 루지에 선생님 같으면 그 상황에서 펄펄 뛰며 화를 냈을 것이다. 평소에도 이해를 못하는데, 선생님의 자질구레한 일과를 망쳤다가는…….

문득, 생활이 송두리째 바뀐 장 밥티스트가 생각났다.

"변화의 날이네."

어찌해야 할지 몰랐다. 어떤 의미로는 필리베르도 함정에 빠진 것이다. 오전은 당연히 학교에서 보낼 줄 알았는데, 갑자기 어디든지 마음대로 갈 수 있게 되었다. 집에는 아무도 없으니 돌아가 봤자 소용없었다. 불쑥 돌아가 봐야 말썽만 생길 것이다.

"어디로 가지?"

필리베르는 이름을 르네 데카르트로 바꿔서 미슐레 선생님을 당황하게 만들었다. 선생님도 필리베르의 습관을 뒤엎어서 비슷하게 되갚아 주었다. 필리베르는 웃지 않을 수 없었다. 전에는 어디로 가야 할지 잘 표시된 깨끗하고 정돈된 세상에 있었는데, 지금은 어찌해야 할지 알 수 없는 뒤죽박죽 세상이 되었다.

"원수 같은 '병' 같으니, 한 방 제대로 먹었군!"

10. 또 습관이다

생활이 바뀌는 것보다 훨씬 괴로운 일이었다. 사람이 바뀌는 일이었으니까. 필리베르는 미슐레 선생님에게 '르네 데카르트'라고 했을 때도 평소의 머리 모양에 늘 입던 옷차림이었다.

양손을 호주머니에 넣은 채 다시 서점 앞에 섰다. 필리베르에게 일어난 일과 상관없이 서점은 여전히 그 자리에 있었다. 진열창과 나무 상자 속 책들은 필리베르에게 말을 걸어 오지 않았다. 철학책도 다른 책들과 마찬가지였다. 필리베르가 이제 책을 믿지 않는다는 것을 아는지, 입을 다문 조개처럼 표지를 꾹 닫고 있었다. 책들도 말하기 싫은 날이 있을 것이다. 매달릴 필요는 없었다. 하기야 아까는 필리베르가 먼저 책들을 무시했다.

어떻게 해야 좋을까? 울음을 터뜨릴 정도는 아니었지만 눈물이 나올 것 같았다. 물에 빠졌을 때가 생각났다. 발이 바닥에 닿지도 않고, 헤엄쳐 물 위로 올라갈 수도 없었다. 무턱대고 팔다리를 허우적거렸지만, 힘을 빼는 바람에 더욱 숨만 찼을 뿐이었다. 정말이지 죽는 줄 알았다.

지금은 머릿속에서 벌어지는 일이지만 그때와 조금 비슷했다. 저질러 놓은 일이 힘에 부쳤다. 바닷가를 거닐며 다정하게 얼굴을 어루만지는 바람을 느끼고 싶었다. 하지만 아쉽게도 바다는 너무 멀었다. 버스를 탈 돈도 없었고, 그렇다고 뒷문으로 몰래 탈 배짱도 없었다. 그런 짓을 하다가 기사 아저씨에게 걸려서 경찰에 넘겨질까 봐 겁이 났다. 모든 사람이 미슐레 선생님처럼 이해심이 많은 것은 아니다. 심지어 루지에 선생님보다 더 말이 안 통하는 사람도 있다.

하는 수 없이 무작정 걸었다. 아무데로나. 학교 가는 길을 알아도 소

용없었다. 습관으로 익힌 표지판에 의지하지 않고는 길을 찾을 수 없었다. 어떻게 해야 학교로 갈 수 있을지 몰랐다. 잠시 눈을 감고 걸어 봤지만 곧 보도 가장자리에서 발을 헛디뎠다. 하마터면 찻길로 엎어질 뻔했다. 삶이 흥미로워지려는 순간에 사고를 당하면 너무 바보 같을 거라는 생각이 들어서 눈을 뜨기로 했다.

여느 때처럼!

도시 전체가 더 아름답고 새로워 보였다. 오래된 집들과 색 바랜 더러운 포스터로 덮인 지저분한 벽까지.

습관에 이끌려(또 습관이다!) 무심코 아는 길로 가다가 군부대 근처를 지나게 되었다. 장 밥티스트! 지금 연병장에 나와 있으면 살짝 엿볼 수 있을 것이다. 어쩌면 벌써 행진을 하고 있을지도 모른다.

살그머니 다가갔다.

"보는 사람이 없으면 사람들은 어떻게 행동할까?"

사실 습관을 들이고 지키는 까닭은 대개 다른 사람들 때문이다. 습관은 예절과 마찬가지로 갑옷 구실을 한다. 서로 합의를 볼 필요 없이 사회 생활을 감수하기 위해 꼭 필요한 최소한의 조건으로서 습관이 작동한다면 그것으로 만족이다.

필리베르는 부대 안에 있는 건물들을 바라보았다. 우스꽝스러운 창문들이 나 있는 함석지붕 막사 두 채가 마주 보고 있었다. 각각 문이 두

개씩 있는데, 하나는 입구고 나머지는 출구였다. 화살표로 이동 방향이 표시되어 있었다. 건물 앞에 50명쯤 되는 신병이 모여 있었다. 그 꼴이라니! 필리베르는 당장 생각이 짧았음을 후회했다.

신병들은 영화관에 들어가는 사람들처럼 평범한 차림으로 첫 번째 막사에 들어갔지만, 나올 때는 파랗다기보다는 회색에 가까운 보기 흉한 운동복을 입고 있었다. 크기도 잘 맞지 않아서 누구는 너무 헐렁하고 누구는 너무 꼭 끼었다. 운동화는 새것이었지만 묘하게 발이 납작해 보였다. 줄 끝에서는 저마다 다른 사람이었지만 앞으로 갈수록 모

두 비슷해졌다. 입고 온 옷은 자루에 넣어 금속 선반 위에 올려놓고, 어디에 쓰는지도 모르는 잡다한 물건을 한 무더기씩 받았다. 그러고는 장교의 지시를 기다리기만 했다. 복종할 일만 남았다. 신병들은 이제 예전의 자신이 아니라는 사실 때문에 괴로워하고 있었다.

우리는 남과 다르기 때문에 자신이 어떤 사람인지 알 수 있다. 아직 군복을 입은 것은 아니지만, 강제가 아니면 절대로 입지 않았을 저 흔해빠진 색 바랜 운동복은 더 끔찍했다. 모두들 군장을 앞에 놓고 앉았다 일어났다 하며 팔을 어디에 두어야 할지 몰라 대충 늘어뜨린 채 지시를 기다리고 있었다. 무슨 일이 닥칠지는 생각하지 않고 어색하게 서로에게 장난을 쳤다.

무슨 일이 닥칠지는 두 번째 막사에 들어가면 곧 알게 된다. 2분도 되지 않는 시간에 한 사람도 빠짐없이 전기이발기에 무자비하게 머리를 박박 깎였다. 멋진 모습으로 여자들에게 잘 보이고 싶은 스무 살 나이에 창피하게도 보기 흉한 죄수 꼴이 되는 것이다. 열린 창문으로 그 모습이 보였다. 한 사람씩 앉으면 재빨리 어깨에 천이 둘러졌다. 이발병이 한 손으로 머리를 눌러 목덜미를 드러냈다. 머리카락이 아무 데나 후드득 떨어졌다. 수염이 있는 사람은 수염도 밀었다. 면도기가 쓱 지나갔다. 한 번 더, 한 번 더. 자, 끝이다. 다음 사람! 불쌍한 신병들은 한 손으로 머리통을 쓸어 보며 꿈이 아니라는 것과 겉모습이 바뀌었지만 여전히 자신이 맞다는 것을 확인했다.

생활이 바뀌는 것보다 훨씬 괴로운 일이었다. 사람이 바뀌는 일이었으니까. 필리베르는 미슐레 선생님에게 자신이 '르네 데카르트'라고 했을 때도 평소 머리 모양에 늘 입던 옷차림이었다. 어떤 의미에서는 여전히 '필리베르'였다. 그래서 선생님이 그렇게 놀란 것이다. 겉모습은 그대로인데 '다른 사람'이라고 했으니 말이다. 하지만 군대는 어떤가! 평소 모습에서 남아 있는 부분이 별로 없었다. 군대에서는 되도록 젊은이들이 자신이 누구인지 잊고 **아무나**가 되기를 바라는 것 같았다.

누구는 '장 밥티스트', 누구는 '프랑수아', '브누아', '마르크', '질', '르네'라는 이름을 가졌지만 저 젊은이들은 모두 '군인'이 되어야 했다. 전쟁을 하는 것은 '군인'이지, '르네'나 '프랑수아'가 아니기 때문이다.

첫날이라 젊은이들은 쉽게 아무나가 되지 못하고 있었다. 아직 자기 자신이 너무 많이 남아 있어서 그렇게까지 변하는 것을 괴로워했다. 지금껏 멋을 부리는 것으로 존재를 대신해 왔다. 자신이 **누구**인지 진정한 확신이 없기 때문에 겉모습을 가장 중요하게 여긴 것이다. 그래서 자존심에 큰 상처를 입었다. 특히 장교나 고참이 '귀염둥이' 또는 '아가'라고 부를 때나, 이발병이 사람에 따라 소중할 수도 있는 머리카락을 악착같이 깎으며 비웃을 때 상처를 받았다. 이발병은 당장이라도 울음을 터뜨릴 듯한 불쌍한 녀석이 걸리면 더욱 놀려댔다. 자기도 같은 일

을 겪었으면서 다 잊은 걸까?

　군인이 된 젊은이들은 여자친구가 이런 모습을 보면 놀릴 거라고 생각한다. 여자친구는 몇 주 만에 남자친구를 만나 반갑게 끌어안으면서도 짧은 머리의 느낌이 궁금해서 머리통을 쓸어 볼 것이고, 젊은이들은 새삼 머리를 깎이는 기분과 함께 지금 겪은 무안함이 되살아날 것이다. 잊으려고 무진 애를 쓰겠지만 소용없다.

　곧 발맞추어 걷고 경례를 할 것이고, 적어도 가끔은 자신이 정말 누구인지 잊게 될 것이다. 말썽을 피하고 싶으면 눈에 띄지 않는 편이 좋다. 아무나가 되는 것은 아무도 되지 않는 것과 같다. 똑같은 옷을 입고 똑같이 머리카락이 잘려 나가면 힘이 사라진다. 최소한 힘이 빠진다.

마치 머리카락이 영혼같다. 맨얼굴이 드러나는 것이다.

사람들은 적나라한 진리는 잘 이야기하지 못한다!

저 막사들이 이렇게 길 가까이에 자리 잡은 것이 더욱 잔인하게 느껴졌다. 부대 밖에서 누구나 그 굴욕을 구경할 수 있다. 장을 보고 돌아오는 아주머니들, 아직 군대에 가지 않은 친구들, 이미 다녀온 친구들. 군대에 다녀온 친구들은 그 장면을 보며 옛날을 떠올리고 군대에서 겪었던 똑같은 치욕을 떠올릴 것이다.

그렇다면 이 끔찍한 날은 영원히 끝나지 않는 것일까? 불쌍한 젊은이늘에게는 이 시련이 영원해서 절대로 예전의 평범한 삶으로 돌아갈 수 없을 것만 같았다. 첫째로 구질구질한 운동복, 둘째로 박박 깎은 머리, 그다음은 또 뭘까? 존재를 어디까지 뒤흔들 수 있을까?

진리를 문제 삼으면 때때로 사람들이 지나치게 격해지기도 한다. 필리베르는 흥미롭다고 생각했다. 다른 사람들은 전혀 재미있어 하지 않았다. 군대에 다녀온 남자들이 군대에서 겪은 일을 지우려고 무진 애를 쓰는 것도 당연했다. 그렇지만 즐거웠던 순간들은 잊으려 하지 않을 것이다. 즐거울 때도 있으니까 때로는 농담도 한다. 사실 시간이 흐르면 군복에도 익숙해진다. 그러므로 다른 순간보다는 정말 자신이 사라졌다고 믿어질 때 드는 무서운 느낌을 지우고 싶은 것이다.

미슐레 선생님에게 버릇없이 군 것이 후회되었다. 필리베르는 별 문제없이 곤경에서 빠져나왔다.

이번에는 필리베르의 친구, 장 밥티스트가 곤경에 처했다.

장 밥티스트가 첫 번째 막사에서 옷을 갈아입고 나왔다. 안됐다고 생각해서 그런지, 다른 사람들보다는 그나마 운동복이 좀 멀쩡해 보였다.

"불행 중 다행이네."

"다음!"

머리를 깎을 차례였다.

장 밥티스트가 철책 너머 필리베르를 보았다. 친구 눈앞에서 머리를 깎이게 된 것이다. 적어도 신병들끼리는 아무렇지도 않은 척할 수 있는데 말이다.

장 밥티스트가 나오자 모두들 놀려댔다. 그런 식으로 한 사람이 머리를 깎고 나올 때마다 놀려대면서 자신의 고통을 덜어내었다. 장 밥티스트가 필리베르에게 다가오자, 필리베르는 미안해서 무슨 말을 해야 할지 망설였다.

"역사 선생님한테 장난을 치다가 교실에서 쫓겨났어."

필리베르의 말에 장 밥티스트는 멋쩍게 머리통을 문지르며 웃었다.

"난 여기에서 좀 쫓아내 줬으면 좋겠는데. 놔 주지 않을 거야."

필리베르가 위로했다.

"곧 괜찮아질 거야."

"이발기가 귓가를 지나가는데 끔찍한 소리가 나더라. 꼭 수도승 같아졌어. 내 앞날이 걱정된다."

장 밥티스트는 좀처럼 화를 내지 않았다. 필리베르는 좋아하는 친구를 당황하게 만든 것을 후회하며 말했다.

"이상해. 오늘 아침부터 삶 전체가 이상한 느낌이 들어. 진리를 믿을 수 없게 되었고, 무슨 수를 써서라도 모든 것을 평소와 다르게 만들고 싶어졌어. 어떻게 설명해야 할지 모르겠어. 삶을, 우리가 하는 모든 일과 모든 이야기를 바꾸고 싶은 거야. 병에 걸렸나 봐. 그리고 봐. 형도 생활이 송두리째 바뀌었잖아. 형은 아무일도 하지 않았는데 이렇게 되었지만."

장 밥티스트가 대꾸했다.

"그러다 말겠지. 경험이라 생각해. 어쨌거나 나는 달리 어쩔 수도 없으니까!"

"나는 오늘 아침부터 바꿀 수 없는 것도 바꿀 수 있다고 믿게 되었어. 있는 힘을 다해 바라면 말이야. 어떻게 말해야 할지 모르겠어……. 머릿속이 복잡해."

잠깐 말을 멈췄다가 이었다.

"있잖아, 선생님한테 내 이름이 필리베르가 아니라 '르네 데카르트'라고 말했어. 선생님은 당연히 믿지 않았고. 하지만 나는 억지로 내 말을 믿게 만들려고 했어. 그래서 쫓겨난 거야. 형도 마찬가지야. 장 밥티스트가 아니면 좀 어때? 아무도 알아보지 못하는데. 장난으로 일부러 머리 모양을 바꾸는 사람도 있어. 그런 짓을 하다니 미쳤나 하고 어이없어 하는 사람들을 구경하려고 말이지. 나도 마음만 내키면, 재미있을 것 같으면 당장 겉모습을 바꿀 거야. 자신이고자 하는 의지는 머릿속에서 생기는 거야. 아무하고도 상관없어. 마음만 있으면 돼."

"마음만 있으면!"

장 밥티스트는 빙긋 웃었다. 사실은 자기보다 어린 동생이 이런 이야기를 해서 놀랐다. 필리베르를 바라보았다. 필리베르는 철책 밖 길거리에 서 있고, 자신은 군대에 갇혀 있었다. 눈길을 돌려 보니 이제 거의 모든 신병이 두 번째 막사에서 나왔다. 괴롭던 마음이 마침내 좀 편안해졌다. 혼자가 아닐 때는 불행을 받아들이기 쉬워진다. 다른 이들과 나눌 수 있으니까. 곧 저마다 군장을 챙기고 일과를 계속할 것이다. 내무반에 들어가고, 어쩌면 연설을 들을 것이다. 그밖에 아직 모르는 많은 일이 이어질 것이다.

필리베르가 말했다.

"모든 일이 머릿속에서 일어난다면 철책 안이나 밖이나 근본적인 차이가 없어. 안도 바깥만큼 자유로워."

"헛소리 좀 작작해."

장 밥티스트가 대꾸하며 멀어져 갔다. 행진을 시작한 것이다.

필리베르는 장 밥티스트를 설득하지 못했다. 장 밥티스트는 이제 막 군대 생활을 시작했을 뿐이다. 너무 많은 습관이 너무 빠르고 거칠게 깨졌다. 좀 익숙해져야 불안감이 사라질 것이다. 하지만 다시 익숙해지면 평범한 일상으로 돌아가는 것이고 아무것도 변하지 않는다. 다른 방식의 일상으로 돌아가는 것뿐이다.

불행히도 이 병은 사람들에게 영향을 끼칠 힘은 주지 않았다. 장 밥티스트도 알아주지 않는데 미슐레 선생님은 오죽할까? 또 교장 선생님은 오죽할까? 이따가 아침 일을 설명해야 할 때 무슨 일이 벌어질지 필리베르는 상상조차 하지 못했다.

11. 내 진짜 모습

"사람들이 나를 필리베르인 줄 아는 게 지겨워졌어요. 내 진짜 모습을 찾고 싶었어요. 르네 데카르트의 모습 말이에요!"

다시 길거리에 혼자 남았다. 한 병사가 첫 번째 막사 문을 닫았다. 이발병은 바닥에 떨어진 머리카락을 쓸어담았다. 둘 다 자기들이 한 일을 전혀 신경 쓰지 않았다. 물품을 관리하는 병사는 몸에 딱 맞는 새 군복을 골라 입었고, 이발병의 머리는 그다지 짧지 않았다. 자기 지위를 이용하고 있었으므로, 한마디로 약삭빠른 자들이었다.

필리베르는 삶이 불공평하다는 것을 알고 있었다. 대개 강자가 되면 바라는 것을 얻을 수 있다. 그렇다면 약자가 되면 안 되는 걸까? 불쌍한 시병들은 약자였다. 그러니까 푸대접을 받았고, 더욱 약자가 되었다.

그럼 필리베르는 어느 쪽일까? 진리를 의심하기로 하고 앞서 모든 것을 뒤집고 있으니, 강자가 되려고 애쓰고 있는 것이다. 지금껏 배운 것은 모두 진리가 아니라고 믿기로 했고, 일단 그렇게 마음을 먹으면 아무도 막을 수 없다.

이를 시험할 상대로 루지에 선생님이 아니라 미슐레 선생님을 고른 것은 미슐레 선생님이 더 융통성이 많기 때문이다. 쫓겨나기는 했지만 큰 소란은 없었고, 방과 후 반성실에 남아야 하는 벌도 받지 않았다. 그러니까 필리베르는 정말 약자가 아니었다. 좀 난처해지기는 했지만, 장 밥티스트만큼 힘들어지지는 않았다. 게다가 모두 필리베르가 어느 정도 자초한 일이었다.

만약 지금 가장 약한 자가 된다면 어떻게 될까? 갑자기 강자의 권력을 묵묵히 견디는 일 말고는 아무것도 할 수 없다면? 더는 살 수 없을지도 모른다. 선생님, 부모님, 길거리에 지나가는 사람들에게도 버림받는 것이다. 텔레비전에서 본 캘커타의 아이들처럼. 그 아이들은 구걸할 용기도 잃고 길거리에 물건처럼 쓰러져 있었다. 그야말로 짐승만도 못한 처지였다.

하지만 그 아이들을 보면서 자기와 많이 닮았다고 생각했다. 다만 지저분하고 누더기를 걸쳤을 뿐, 비슷한 눈빛을 하고 있었다. 나이도 비슷했고.

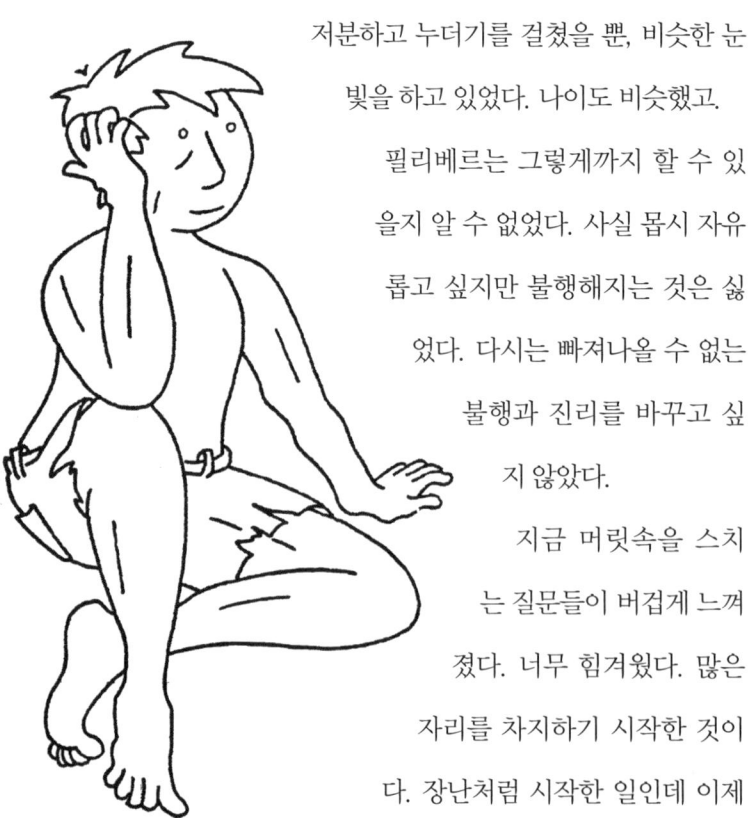

필리베르는 그렇게까지 할 수 있을지 알 수 없었다. 사실 몹시 자유롭고 싶지만 불행해지는 것은 싫었다. 다시는 빠져나올 수 없는 불행과 진리를 바꾸고 싶지 않았다.

지금 머릿속을 스치는 질문들이 버겁게 느껴졌다. 너무 힘겨웠다. 많은 자리를 차지하기 시작한 것이다. 장난처럼 시작한 일인데 이제는 감당할 수 없게 되었다.

　그런데 도와줄 사람이 없었다. 누가 도와주기를 간절히 바랐지만 다른 사람이 대신 결정해 주는 것은 딱 질색이었다. 어른들은 이렇게 해라, 저렇게 해라, 이렇게 하지 마라, 저렇게 하지 마라, 아이들이 더는 못 견딜 지경이 되도록 끊임없이 잔소리를 한다. 그런 잔소리들 뒤에 늘 숨겨진 진리가 있다. 누구나 쉽게 볼 수 있는 진리가 아닌 조금 은밀한 진리이다.

　필리베르는 함께 토론하고 자기를 이해하려고 애써 줄 사람이 있었으면 좋겠다고 생각했다. 친구 말이다. 하지만 또래 친구들은 진리나 삶에 관심이 없었다. 축구나 싸움 생각밖에 하지 않았다. 늘 강한 자가 되려고 했다. 부모님은 부모님일 뿐이다. 아이들의 머릿속이나 마음속에 무슨 일이 일어나는지 알지 못한다. 아무것도 아닌 일에 호들갑을 떤다. 조금만 변해도 병이 난 줄 안다. 그러니 완전히 변하면 어떻게 될까!

점심 때 군인처럼 머리를 바짝 깎거나 아예 반들반들하게 밀고 들어가면 부모님은 어떤 표정을 지을까? 필리베르를 알아볼 수는 있을 것이다. 친자식한테 차마 '누구냐?'라고 묻지는 못할 테니, '무슨 짓이야?'라고 소리칠지도 모른다. 무슨 말을 해도 진정하지 못할 테고, 이렇게 솔직하게 말했다가는 더욱 난리가 날 것이다.

"사람들이 나를 필리베르인 줄 아는 게 지겨워졌어요. 내 진짜 모습을 찾고 싶었어요. 르네 데카르트의 모습 말이에요!"

부모님은 자식이 다른 삶을 바랄 수도 있다는 사실을 한순간도 상상하지 못할 것이다. 장 밥티스트가 겪은 일을 자기 몸으로 느끼기를 바라는 삶, 다른 사람의 고통을 쉽게 자기 것으로 바꿀 수 있는 삶, 아무도 모르게 굴욕을 참고 나눌 수 있는 삶 말이다. 필리베르는 스스로의 의지로 부모님의 아들이기를 그만두고, 홀로 자기 자신이 될 것이다.

그런 생각을 하니 머리가 어지러웠다. 친구들은 뭐라고 할까? 그렇게까지 삶을 변화시키고 싶은 마음을 이해해 줄 친구가 하나라도 있을까? 미슐레 선생님은 어떨까?

그리고 정작 필리베르는 자신에게 무슨 일이 일어났는지 이해하고 있을까?

필리베르는 군부대 철책 아래 야트막한 담장 그늘에 앉았다. 군인들

이 내는 웃음 소리며 투덜거리는 소리가 모두 사라지고 조용해졌다. 밑도 끝도 없는 질문을 던지는 필리베르만 남았다. 꿈인지 아닌지 일깨워 줄 장 밥티스트도 사라졌다.

내 진짜 모습

자동차 정비소로 가서 아침부터 삶이 자기를 가지고 논 것이 아님을 확인하기로 했다.

정비소는 평소와 똑같았다. 여느 때처럼 정비사들이 바삐 움직였다. 차를 점검하는 정비사들도 있고, 차에 기름을 넣는 견습공들도 있었다. 그라지아니 아저씨가 이 공장은 머저리들이 머릿수만 많았지 도대체 하는 일이 없다고 외치는 소리가 들렸다. 계산대 뒤에는 로티 아줌마가 평소보다 살가울 것도 무뚝뚝할 것도 없는 표정으로 앉아 있었다. 아줌마는 좀처럼 웃지 않았지만, 수리비가 너무 많이 나와서 손님이 못 내겠다고 할 때만은 달랐다. 그때는 청구서를 보여주며 사기가 아니라는 것을 알 수 있도록 한 줄 한 줄 자세히 설명했다. 필리베르도 로티 아줌마를 잘 알고 있었다. 장 밥티스트가 수리한 내역을 종이에 적어 주면 필리베르가 계산대에 갖다 주곤 했기 때문이다.

장 밥티스트는 어디에도 보이지 않았다. 당연했다!

이 도시는 수많은 직업을 가진 사람들의 활동 덕분에 살아 있었다. 필리베르는 평소 이 시간에는 학교에 있기 때문에 그런 생각을 해 보지 못했다. 처음으로 자신이 없는 곳에서도 사람들의 삶이 계속되고 있다는 생각을 해 보았다. 일하는 사람들에게 그 자리에 없는 사람은 죽은 거나 마찬가지다. 멀리서 보니 다들 바쁘게 움직이며 자질구레한 일을 수행하는 기계 장치들 같았다. 아무도 필리베르를 돌아보지 않았다.

도시의 저 수많은 창문들 가운데 어느 창문 뒤에서 엄마도 일을 하고 있다. 엄마도 로티 아줌마나 그라지아니 아저씨나 정비소의 수많은 머저리들과 마찬가지로 필리베르를 잊고 있을 것이다.

세상이 영화 같았다. 굉장히 생생하면서도 한편으로는 멀게 느껴졌다. 신문 가판대, 약국, 잡화점 등 클레망소 광장의 가게들을 하나하나 살펴보았다. 무슨 일을 해야 할까? 이발소에 눈길이 멈추었다. 머리를 깎으면서 자신에게 어떤 일이 닥치는 기분을 구체적으로 느껴 보고 싶었다. 그러면 꿈에서 깨어나지 않을까? 그러나 곧 이발소에 가도 소용없다는 사실을 깨달았다. 느닷없이 필리베르가 들이닥치면 이발사 비트겐슈타인 아저씨는 뭐라고 할까? 학교에 있을 시간에 머리를 깎으러 왔으니 이상하게 생각할 것이다. 그리고 무슨 돈으로 머리를 깎지? 아니다. 너무 바보 같은 생각이었다. 겉모습이 달라진다고, 지금보다 못나진다고 해서 무엇이 바뀔까? 그렇다면 다른 일을 해 보면 어떨까? 가난한 척해 볼까? 아픈 척할까? 아니면 미친 척할까? 변화하고 싶은 마음을 포기할 필요는 없었다.

변화해서 장 밥티스트를 닮고, 거울을 보듯 장 밥티스트에게서 자기 모습을 보고 싶은 걸까? 남의 입장이 되어 본다고 해서 자기 자신이 될 수 있는 것은 아니다. 르네 데카르트, 장 밥티스트, 피에르 또는 폴이 된다고 해서 무엇이 바뀔까? 그렇다고 해서 무엇이 진리가 될까?

그 밖에도 수많은 질문을 떠올렸지만 뾰족한 답을 얻지 못했다.

인생을 36가지 정도로 상상할 수 있었다. 자신이 군인이나 역사 선생님이 된 모습은 별로 어렵지 않게 상상해냈다. 사람들의 머릿속으로 들어가 그 사람 입장에서 생각을 재구성하고 이런저런 일이 닥치면 어떤 식으로 대응할지도 그릴 수 있었다. 미슐레 선생님이 신병이 되고 장 밥티스트가 역사 선생님이 된다면, 그리고 루지에 선생님이 자동차 정비소 계산원이 된다면. 아마도 루지에 선생님은 시를 읊듯 청구서를 설명하려 할 것이다. 오늘 아침에 외우라고 한 시처럼 말이다.

'6월이다. 참새는

들판에서 연인들을 놀리고

담장 위 꾀꼬리는

돌 둥지 속에서 노래한다.'

이 시 대신 이렇게 읊는 것이다.

'오일 교환, 기름칠 : 90프랑

공전 조정 : 40프랑

브이룝 메트라오일 기름 3.5리터 : 37프랑×4=148프랑

부품 : 나사 2상자, 너트 3상자

- 나사: 7.25×2=14프랑 50상팀(1상팀은 1프랑의 100분의 1_옮긴이)

- 너트: 5.10x3=15프랑 30상팀

공임 1시간 : 125프랑

소계 : 432프랑 80상팀

세금 18.5% : 80프랑 6상팀

총계 : 512프랑 86상팀

친절한 지불에 감사합니다.'

빅토르 위고의 서명 대신 자동차 정비소 직인이 찍힌다. 오일을 3리터 반만 써도 4리터 값을 내는 것은 부당한 일이 아니라고 설명해 주어야 한다. '개봉한 오일 통은 전량 고객이 부담한다.'라는 규칙이 있기 때문이다. 계산원이 서랍에서 정비소 규칙을 꺼내면 손님은 입을 다물 수밖에 없다. 학생이 맞춤법을 틀렸을 때 루지에 선생님이 사전을 꺼내들면 아무 말도 할 수 없는 것과 마찬가지다.

규칙은 규칙이니까.

필리베르는 청구서의 설명을 빅토르 위고의 시보다 멋지게 쓸 수 있을 것 같았다. 늘 청구서 끝에 들어가는 '친절한 지불에 감사합니다.'라는 문구가 특히 대단하다고 생각했다. 그 말은 사실 친절한 쪽은 정비소이고 자동차가 잘 굴러가게끔 고쳐서 돌려줬으니 손님은 기뻐하며 돈을 내야 한다는 뜻이다.

'친절한 지불에 감사합니다!'

루지에 선생님은 왜 이런 문구를 점수 밑에 적어 주지 않을까?

52점, '친절한 풀이에 감사합니다!'

필리베르는 마음껏 상상력을 펼칠 때 나올 수 있는 모든 것을 찾아내고 있었다. 필리베르가 진리를 믿지 않게 된 것은 사람들이 상상에 더 많은 여지를 주기를 바랐기 때문일지도 모른다. 왜 창조성 없이 반드시 규칙에 따라야만 할까? 정비소 청구서가 빅토르 위고의 시보다 감성적이지 못할 이유가 무엇일까? 선생님이 그렇다고 하니까? 그렇다면 스스로 선생님이 될 때만 기다리면 수업 시간에 전기요금 청구서나 커피 기계 사용법도 가르칠 수 있다. 결국 미슐레 선생님은 학생 시절 역사 선생님이 지어내지 못하게 한 이야기들을 하려고 선생님이 된 게 아닐까? 진리가 정말 두말없는 진실이라면 아무도 진리를 문제 삼을 수 없지 않을까?

이를테면 역사책 18쪽에는 분명히 다음과 같은 이야기가 나와 있다.

'바그다드(인구 1백만), 코르도바, 다마스는 서기 1000년에 가장 큰 주거 밀집 지역으로 꼽힌다. 이슬람 문명은 도시에서 꽃피었다. 사막을 지나온 여행자는 도시의 성벽 안에서 천 가지 즐거움을 누린다. 골목길의 시원한 그늘, 따뜻한 하맘(터키식 전통 목욕탕)에서 즐기는 휴식, 물기를 머금은 장미와 재스민이 황홀한 향기를 풍기는 공원은 천국의 모습을 떠올리게 했다.'

필리베르는 이 많은 것을 알고 있다는 사실에 놀랐다. 그래도 마찬가지였다. 그 내용이 사실인지 어떻게 알 수 있을까? 이를테면 역사책에서 서기 1000년이라고 할 때의 '1000'은 여행자들이 아라비아의 도시에서 천 가지 즐거움을 누린다고 할 때의 '천'과 같은 의미일까? 천이라는 같은 수를 뜻할까? 햇수를 세듯 즐거움의 수를 하나하나 세었을까? 물론 아닐 것이다. 그저 '많다'고 표현하기 위해 아무 생각 없이 '천 가지 즐거움'이라고 말한다. 그렇다면 여기에서 수학은 뭐가 되는 걸까? 수학은 '천'이 '천'을 뜻하지 않는 경우를 허용하지 않는데 말이다. 더구나 교과서에 '서기 1000년'은 숫자로, '천 가지 즐거움'은 글자로 씌어 있었다. 그 점이 기억에 남았다. 그러니까 숫자는 수효를 뜻하고 글자는 낱말을 뜻하는데……

선생님들은 가장 먼저 마음껏 상상력을 발휘하는 사람들이다. 그러면서 학생들한테는 절대로 상상력을 사용하지 말라고 강요한다. 선생님들은 역사책을 모험 소설처럼 재밌게 써도 되고, 학생들은 안 된다.

필리베르는 읊어 보았다.

'물기를 머금은 장미와 재스민이 황홀한 향기를 풍기는 공원은 천국의 모습을 떠올리게 했다.'

정말 아름다운 표현이다. 솔직히 '담장 위 꾀꼬리는 돌 둥지 속에서 노래한다'와 거의 맞먹을 만큼 아름답다.

그러니 '친절한 풀이에 감사합니다!'도 안 될 이유가 없다.

'나는 르네 데카르트입니다.' 역시 마찬가지다.

12. 진리에 대하여

　이쯤 되면 진리는 점점 더 고약해진다. 웃음이 사라진다. 무조건 복종해야 한다. 진리는 오래전부터 자리를 잡았으므로 가장 좋은 무기를 갖출 여유가 있었다.

왜 어떤 사람은 하고 싶은 대로 행동하거나 말해도 되고, 어떤 사람은 안 될까? 생각해 볼 문제였다. 어째서 학생들은 어떤 지식을 흡수해야만 할까? 어째서 젊은이들은 군대에 가야만 할까? 아마 가장 먼저 떠오르는 대답은 '그게 진리니까' 일 것이다. 다시 말해 당연히 해야 하니까 한다는 뜻이다.

필리베르가 미슐레 선생님에게 어째서 어떤 것은 가르쳐도 되고 어떤 것은 안 되는지 물었을 때, 선생님인데도 납득할 만한 대답을 하지 못했다. 미슐레 선생님도 선생님들이 하라는 대로 따를 뿐이다. 그 선생님들은 '카르노 고교 교사, 장 미셸 랑블랭'이나 '폴 발레리 대학 교수, 샹탈 드 무르', 또는 다른 누구라도 될 수 있다. 언제나 누군가가 혼자 진리를 찾는 일을 금지한다.

진리가 존재하지 않는다는 사실을, 어쨌든 사람들이 믿는 대로의 진리는 없다는 사실을 온갖 술수를 써서라도 숨긴다. 그렇게 해서 존재하는 현실은 상상의 현실뿐이고, 그것을 사람들이 3만 6천 가지 습관으로 대체했다는 사실을 깨닫지 못하게 한다. 어쨌거나 상상 때문에 일이 복잡해질 수 있다. 상상을 내버려두면 아이들은 멋대로 살고 싶어 할 것이고 병사들은 장교의 변덕을 참아 주지 않을 것이다.

필리베르는 왜 그렇게까지 상상을 푸대접하는지 알 수 없었다. 마치 진리가 상상을 두려워하는 것 같았다. 습관에 조금만 흠이 가도 곧바로 두려움이 다시 드러났다. 두려움은 줄곧 죽지 않고 사람들이 저마다 갑옷처럼 두른 기호들 뒤에 숨어 있다. 예를 들면, 젊은이들은 청바지와 티셔츠로 갑옷을 만들어 입고, 그것을 건드리면 알몸이 된 굴욕감을 느낀다. 바로 그렇기 때문에 젊은이들에게서 청바지와 티셔츠를 입을 권리부터 빼앗는 것이다. 부모들은 아이들에게 재킷을 입고 넥타이를 매라고 하고, 군대에서는 신병들에게 운동복을 입게 한다. 선생님들은 학위와 지식 뒤에 숨는 것을 몹시 싫어한다. 누군가의 상상이 다른 사람의 진리를 무너뜨리려 하면, 진리는 스스로를 방어한다. 그리고 누군가 때문에 박살 나기를 바라지 않는다. 그 진리 역시 처음에는 상상에서 비롯되었고, 필요 없어진 기존의 진리 때문에 고통 받았다는 사실을 잊어버린 것이다.

 아이들은 필연적으로 상상의 편이다. 태어난 지 얼마 안 되었기 때문이다. 많은 것을 배울 시간이 없었다. 진리는 되도록 오랫동안 버티려고 애쓴다. 처음에는 언제나 진리가 이긴다. 아이들은 순진해서 듣는 대로 믿기 때문이다. 삶이 다른 식으로 흘러갈 수도 있다는 사실을 모른다. 그러나 들은 만큼 진리가 확실하지 않고 논란의 여지가 있음을 깨달으면, 진리를 시험하기 시작한다. 필리베르가 미슐레 선생님에게 한 것처럼 머릿속에 떠오르는 대로 이야기하고, 그 이야기가 뜻하는 바를 실행에 옮기려고 애쓴다. 그것이 어느 순간 목숨을 건 투쟁이 되고,

급기야 혁명을 일으키기도 한다.

  이쯤 되면 진리는 점점 더 고약해진다. 웃음이 사라진다. 무조건 복종해야 한다. 진리는 오래전부터 자리를 잡았으므로 가장 좋은 무기를 갖출 여유가 있었다. 시위가 있으면 철모를 쓴 무장 경찰들이 조금 떨어진 곳에 철망차를 세워 놓고 만반의 준비를 갖춘다. 하지만 진리는 꼭 총이 아니어도 더욱 어두운 힘을 가진다. 갖추어야 할 학위가 없거나 시키는 대로 하지 않는 사람에게 일을 주지 않겠다고 위협하는 것이다. 늘 얌전하게 굴라고 요구한다. 진리는 옳을 때도 늘 무섭게 보이려고 한다. 미리미리 조심하는 것이다. 학생에게는 벌을 주고, 깡패는 감옥으로 보낸다.

학교는 늘 감옥 같은 데가 있다. 교무실 위치만 보아도 알 수 있다. 대개는 한가운데, 복도가 만나는 곳, 그리고 모든 것을 지켜볼 수 있는 곳에 있다. 교장 선생님이 칼벨 선생님 시간에 무슨 일이 있는지 보러 가는 것도 교장실에서 떠드는 소리가 다 들리기 때문이다. 교장 선생님은 칼벨 선생님이 친구니까 아무 말도 하지 않지만, 보러 가지 않을 수는 없다. 다른 선생님 같으면 주의를 받을 것이다. 학교는 학생뿐 아니라 어른에게도 쓸모가 있다.

군대도 마찬가지다. 반항심 강한 젊은이들을 상대하면서 이쪽이 더 힘이 세다는 것을 보여준다. 이미 일을 시작한 젊은이들은 더욱 나쁜 습관이 붙었을 것이다. 영화관이나 카페에 갈 때 일일이 부모 허락을 받을 필요가 없다. 여자친구가 일하는 가게 앞에서 기다려도 된다. 여자친구에게 입을 맞추고 싶으니까 입을 맞추고, 여자친구가 가장 아름다운 진리인 양 순수하게 헌신한다.

장 밥티스트가 그토록 화를 낸 것은 군대에 가야 한다는 생각이 거슬렸기 때문이다. 자유를 방해하니까 참을 수 없을 만큼 화가 난 것이다. 군복과 짧은 머리는 어느 쪽이 더 센가를 보여 주기 위한 것이다. 장 밥티스트도 어느새 복종하는 기계가 되었다! 진리가 신체를 공격하며 "똑바로 걷지 않으면 진짜 감옥에 갈 줄 알아."라고 협박한다.

학교는 작은 감옥이다. 그리고 군대는 조금 더 강압적인 감옥이다. 진리는 언제나 감옥이 있음을 보여준다. 요컨대 끝까지 고집을 부리면 진짜 감옥으로 보내 버리겠다고 경고하는 것이다. 예전에는 도무지 말을 듣지 않는 사람은 목을 잘라 버리기까지 했다.

물론 말썽꾸러기가 없다는 이야기는 아니다. 대개 말썽꾸러기는 상상을 억압 당하면서도 억누르지 못하는 사람이다. 혼자서도 진리 전체만큼 강한 모습을 보이고 싶어 한다. 도둑은 도둑질 말고는 갖고 싶은 것을 손에 넣는 방법을 모른다. 점점 많은 돈이 필요해지는데, 바라는 만큼 돈은 들어오지 않는다.

돈 역시 감옥이며, 그 중에서도 가장 위선적인 감옥이다. 한쪽에서는 입기만 하면 미남 미녀로 보인다는 옷과, 힘이 넘치는 휘황찬란한 오토바이를 사라고 부추기는 광고를 내보낸다. 다른 한쪽에는 빈 주머니가 있다. 돈은 충분할 때가 없다. 돈은 마약과 같이 한번 가지게 되면 점점 더 바라게 되지만 점점 더 부족함을 느낀다. 아무도 충분한 돈을 주지

않는다. 결국 남의 돈을 훔치고 감옥에 간다. 한쪽에서는 아가씨와 청년이 자유로이 반짝이는 긴 머리카락을 휘날리는 광고가 나오고, 다른 쪽에서는 강제로 머리를 깎아놓고 시키는 대로 해야 계속 자유롭게 살 수 있다고 말한다. 한쪽에서는 누구나 야생 동물이 되기를 꿈꾸고, 한쪽에서는 누구나 강제로 가축이 된다. 가축이 되는 것은 좋을 것도 나쁠 것도 없지만 그렇게 되면 언젠가 모든 것, 심지어 감옥마저도 빼앗길까 봐 야생의 삶은 꿈도 꾸지 못하게 된다.

  나쁜 건 진리가 아니다. 사람들이 진리를 겉보기에만 그럴싸하게 만들었다.

  하고 싶은 대로 하게 내버려 두면 스스로 수학이나 역사를 공부하고 싶어하거나 군인이 되고 싶어할 수도 있고(장 밥티스트도 어렸을 때는 전쟁놀이를 했을 것이다.) 어쨌거나 큰 즐거움을 누릴 기회가 있었을 것이다. 그러는 대신 사람들은 모든 것이 조금씩 습관이라는 지루한 형태를 갖추도록 만든다. 어느 순간 세상이 달라질 수도 있다는 것은 생각조차 하지 못하게 된다. 알리베르 할머니가 수프를 먹고, 루지에 선생님이 빅토르 위고에서 벗어나지 못하고, 로티 아줌마가 하루 종일 '친절한 지불'을 확인하며 청구서를 쓰는 동안, 군대의 물품 관리자는 여자들과 함께 바닷가로 달려가 웃고 헤엄치고 싶은 젊은이들에게 맞지도 않는 운동복을 떠안긴다.

*베리타스 문디: 보편적 진리

그래서 필리베르는 무엇을 해야 할지, 어디로 가야 할지 모른 채 자동차 정비소 앞에 우두커니 서 있었던 것이다. 모든 사람을 마음대로 지배하는 진리가 삶에 미리 길을 놓아 두었다. 진리라고 늘 골탕만 먹이는 것은 아니라서 어떤 사람은 자기에게 주어진 운명에 만족한다. 장 밥티스트는 정비사라서 행복했고, 미슐레 선생님도 역사 선생님이라서 행복했다. 그러나 아쉽게도 흔히 삶은 소망을 비켜간다. 병이 나거나 폭격을 당하거나 시시한 일을 지칠 때까지 하고 싶은 사람은 아무도 없다. 오직 진리가 설계하는 현실만이 가능하다면, 필리베르처럼 이의를 제기하는 것이 병으로 보일 만도 하다. 더구나 행복은 특히 걸려서는 안 되는 가장 중한 병으로 보일 것이다.

진리는 사람들 각자의 시간표를 짠다. 몇 시에 일어나고, 몇 시에 학교에 가고, 어느 때 일하고, 어느 때 휴가를 떠나고, 몇 살에 운전면허를 따고, 몇 살에 퇴직할지 알려준다. 고작 언제 죽어야 할지 정해 주지 않을 뿐이다! 그런데 사람은 누구나 자기 몸의 시간을 가지고 태어난다. 그것이 바로 삶이다. 삶을 계획할수록 시간을 더 많이 빼앗긴다. 그러니까 되도록 많은 시간을 되찾아야 한다.

일하면 안 된다는 이야기가 아니다. **행복**하게 일하려고 노력해야 한다는 뜻이다. 왜 루지에 선생님은 늘 학생들을 지루하게 만들까? 왜 미슐레 선생님 수업을 들으면 재미있을까? 수업 시간에 지리 이야기가 나오면 숫자와 지도 때문에 따분할 수밖에 없는데도 선생님이 있어서 따분하지 않았다. 관심을 보일 줄 모르는 학생들이 문제일지도 모른다. 귀를 기울이지 않고 날벌레 구경이나 하는 학생들도 있으니까. 학생들이 수업에 호기심을 보이면 선생님들도 더욱 재미있게 가르칠 것이다. 모두가 재미있어 하면 분위기가 좋아질 테니까.

학교가 전부는 아니다. 장 밥티스트는 공부를 많이 하지 않았다. 그래도 복잡한 자동차 엔진을 구석구석 살피며 행복해 하는 데는 아무 문제가 없다.

문제는 진리를 내버려두면 누구한테나 창피를 준다는 점이다. 성적이 좋지 못한 아이의 부모가 부끄러워하고, 부모가 기대하던 학위를 따지 못한 자식도 부끄러워하며, 직장이나 돈이 없는 사람, 축구를 못하는 사람도 부끄러워하고, 일만 너무 잘하는 사람도 때로는 부끄러워한다. 하고 싶지만 할 수 없는 까닭에 부끄러워하는 상황은 언제나 존재한다. 주어진 삶이 행복하지 못할 때, 언제나 강한 자가 되어야 한다고 믿을 때 부끄러움을 느낀다.

진리가 힘이 되어서는 안 된다.

필리베르는 그 어리석은 힘에 맞서 싸우고 있었다.

"자유는 현명해진 힘이야."

이것을 깨닫자 기뻤다. 장 밥티스트에게 원해서 군대에 온 것처럼 생각해 보라고 했을 때나 일부러 창피를 당하려고 했을 때, 필리베르는 힘을 무시할 수 있다는 것과 그런 사람에게는 힘이 아무것도 할 수 없다는 것을 보여주고 싶었을 뿐이다.

죽음조차 무력하다. 일단 죽이고 난 다음에는 아무것도 할 수 없으니까. 살인하는 사람은 어리석다. 살인자는 그런 말을 못하게 하려고 협박한다. 개처럼 으르렁거리며 짖어댄다. 살인이 어리석다는 것을 모든 사람이 깨닫는다면 전쟁을 피할 수 있을 것이다.

　아직도 전쟁이 존재하는 것은 여전히 힘이 가장 강하기 때문이다. 사람들은 힘을 믿는다. 힘을 사랑하고 힘에 헌신하기도 하는데, 힘은 그것을 이용한다. 그 입장이라면 누구라도 그럴 것이다. 사람들은 감히 힘을 무시하지 못한다. 어떻게 해야 할지도 모른다. 필리베르는 진리에 저항해야 한다는 것을 알고 있었다. 그러나 진리 대신 무엇을 어떻게 내세워야 할지는 아직 몰랐다.

　일부러 그런 것은 아니지만 똑같은 생각으로 되돌아오자 짓궂은 미소가 지어졌다. 필리베르는 시간을 늦추어 보려고 애썼다. 시간이 아주 강하게 느껴질 때까지. 어떤 생각을 계속 반복하며 흘러가는 시간을 되풀이했다. 루지에 선생님은 이런 것을 '결함이 있는 문제'라며 높이 평가하지 않을 것이다. 그러니 더욱 가치가 있는 것이다!

13. 좋은 사람이란?

    도덕은 진리의 도구이다. 도덕은 선을 바라는 일과 진리를 바라는 일이 같다고 가르친다. 학교에서는 선한 사람이 되는 법을 배운다. 방법을 많이 알수록 좋은 사람이 된다.

당장은 점심을 먹으러 집에 가야 했다. 생각하기 위해서는 시간이 필요하고, 생각하지 않아도 시간은 흘러간다. 문제를 일으키면 평소보다 더 시간을 낭비하게 되니까, 그 때문에라도 엄마의 습관을 바꾸고 싶지 않았다. 12시 30분쯤 점심을 먹고 1시 30분에 필리베르는 학교로, 엄마는 회사로 돌아가면 된다. 아무것도 말할 필요가 없다.

필리베르는 점심을 재빨리 먹고 남는 시간에 햇볕을 쬐기로 했다. 긴 의자에 누워 눈을 감았다. 햇살이 쏟아지면서 눈꺼풀과 얼굴이 따뜻해지고 온몸이 바르르 떨렸다.

다가올 오후의 일이 벌써부터 걱정되었다. 자꾸만 진리에 대해 생각을 하는 것도 사실은 곧 마주칠 일을 떠올리지 않기 위해서였다. 분명히 벌을 받을 것이다. 무엇보다 왜 미슐레 선생님한테 장난을 쳤는지 설명해야 한다. 필리베르는 어른들과 상대가 되지 않는다. 갑자기 자신의 나이가 강하게 의식되었다. 진리가 얼마나 교활하게 사람을 복종시키는지 이제야 깨달았는데 무슨 말을 할 수 있을까? 틀림없이 생각이 뒤죽박죽 마구 떠올라 횡설수설할 것이다. 생각을 말로 표현할 때마다 늘 그랬다. 어린아이는 무엇이 옳고 그른지 판단할 기회가 없다. 집에서나 학교에서나 성적표 또는 훈계를 통해 어른들이 아이들이 하는 행동을 판단하고 무엇이 옳은지 정해 주기 때문이다. 심지어 병원에 갔을 때 의사에게 설명하는 일도 어른들 몫이다.

도덕도 진리의 도구이다. 도덕은 선을 바라는 일과 진리를 바라는 일이 같다고 가르친다.

학교에서는 선한 사람이 되는 법을 배운다. 방법을 많이 알수록 좋은 사람이 된다. 예전에 교장실에 불려 갔다가 공부를 많이 한 덕분에 성공한 사람들의 이름을 들었다. 놀면서 젊음을 낭비하지 않고 열심히 공부했기에 어릴 때는 가난했지만 어른이 되어 부자가 된 사람들, 부자였다가 성자가 된 사람들, 평범했다가 위대한 학자, 작가, 음악가가 된 사람들. 그 자리에 미슐레 선생님까지 있었으면 아마도 교장실에서 풀려나지 못했을 것이다! 역사책에는 거리 이름이 되거나 동상이 세워지거나 위인전의 주인공인 굉장한 인물이 잔뜩 나오니까. 파스퇴르는 광견병 백신을 개발했고, 크리스토퍼 콜럼버스는 아메리카 대륙을 발견했고, 레오나르도 다 빈치는 낙하산을 발명했고, 그밖에도 율리우스 카이사르, 리슐리외 추기경, 라파예트 장군도 있다. 목숨 바쳐 전쟁을 승리로 이끈 병사들을 재치고 클레망소 장군이 제1차 세계대전을 승리로 이끈 사람으로 되어 있다. 전사자 기념비를 만들어 병사들의 이름을 새겨도 마찬가지다. 기념비에 이름을 남기면 좋은 사람이 되는 걸까? 백과사전에 이름이 나와야 할까? 해마다 제1차 세계대전 종전기념일이 되면 시장이 기념비에 꽃다발을 바치며 전사자들의 큰 용기를 기린다. 그 병사들은 목숨을 바쳐 사람들의 생명을 구했다. 어쨌든 다른 사

람들이 살아서 자유에 대한 질문을 던질 기회를 주었다.

언제나 마찬가지다. 진리가 꼭 틀린 것은 아니지만, 종종 사람들이 진리로 생각하는 점을 이용해서 **언제나** 옳다고 믿게끔 내버려 둔다. 군인들이 의미 없이 죽어간다고 말해도 소용없다. 군인들은 대의를 위해 목숨을 바친다고 믿어 의심치 않으니까. 프랑스 역사 선생님은 프랑스 군인들이 얼마나 용감한지 설명하고, 독일 역사 선생님은 독일 군인들이 얼마나 용감한지 설명한다. 힘만 문제 삼지 않으면 모두 옳다. 결국 승리하는 것은 언제나 힘이다. 미슐레 선생님도 어쩔 수 없이 힘의 편이다. 역사는 무엇보다 전쟁과 전투로 이루어지는데, 그런 일은 주로 왕이 명령하고 힘 없는 백

성들은 옳은 일이라 믿고 따를 뿐이기 때문이다. 힘 없는 자들이 어떤 가치를 드러낸다고 해도 그저 사소한 일로 취급된다. 그런 일을 개선하기 위해 바로 역사학자가 존재하는 것이다.

필리베르가 중얼거렸다.

"어쩔 수 없어. 그래도 프랑스어보다는 역사 선생님한테 벌을 받는 게 낫지."

필리베르는 자기에게 잘해 준 미슐레 선생님이 힘의 편에 설 수밖에 없다는 사실이 아쉬웠다. 선생님이 벌로 르네 데카르트의 생애에 관한 숙제를 내 줄 지도 모른다.

"데카르트가 재미있는 것을 썼을지 누가 알아?"

그래도 철학이라 아무것도 이해 못할까 봐 조금은 겁이 났다. 아이들은 대개 말과 친하지 않다. 아이들이 하려는 말을 누가 알아들을 수 있을까? 말의 의미를 파악하는 게 직업인 루지에 선생님도 필리베르의 생각을 좀처럼 이해하지 못하는데 말이다. 간단하기 짝이 없는 말도 얼마든지 잘못 알아들을 수 있다. 하물며 철학자의 말이라니!

14. 질문이 가진 힘

질문에는 힘이 숨어 있다. 사람들은 확신을 가지고 있고, 그 확신이 깨지면 당황한다. 그리고 당연히 그 상황에서 벗어나려고 애쓴다. 질문에 답할 수 있으면 부서진 진리를 고친 것과 같기 때문에 기뻐한다.

학교 앞까지 왔다. 서점은 여전히 그 자리에 있었다. 조금 전 자동차 정비소가 제자리에 있었던 것처럼. 서점이나 정비소 모두 그 자리에 있는 습관이 있고, 사람들은 그것들을 보는 습관이 있다.

필리베르가 운동장에 막 들어설 때 앙투안이 웃으면서 불렀다.

"르네, 괜찮아?"

필리베르는 마주 웃었지만 뭐라고 대꾸해야 할지 몰랐다. 바보짓을 한 사람처럼 당황했고, 어떻게 보면 바보짓을 한 게 맞다.

"미슐레 선생님이 너무 심각하게 받아들이지 말아야 할 텐데. 선생님이 한번 따지기 시작하면 몇 시간은 가잖아."

"미슐레 선생님이야 늘 그렇지 뭐. 그런데 아까 일은 잘 넘어갔어. 다행히 선생님 기분이 좋았거든."

"내가 나간 뒤에도 그 이야기를 계속했어?"

"당연하지! 네 덕분에 우리는 인생 수업을 들었다니까."

"어? 그게 뭔데?"

"미슐레 선생님표 수업 있잖아. 자신의 경험담도 이야기하고, 책도 수십 권씩 인용하고. 선생님은 어린 시절이 생각난다는 이야기로 시작했어. 미슐레 선생님도 선생님들한테 괴상한 질문을 하는 걸 좋아했대. 선생님은 우리가 선생님들한테 말을 너무 안 하는 것 같대. 그래도 지나치게 하는 건 안 된다고 덧붙였지. 말을 많이 하고 싶으면 바로 그래서 만들어진 철학이 있으니 걱정말라고 했어. 그래서 아이들이 철학이 뭐냐고 질문했지. 딱히 궁금해서라기보다 그러다 보면 수업 시간이 빨리 지나가 버릴 것 같아서……."

"그래서?"

"우선 철학은 아무 뜻도 없는 것을 되도록 오랫동안 말하는 거래. 내가 역사도 마찬가지라고, 어쩌면 더하다고 말했어. 말하자면 나도 너처럼 선생님한테 좀 싸움을 걸어 보고 싶었거든. 네가 진리를 의심하는 것 같아서 흥미가 생겼어. 진리에 대해서는 나도 가끔 의심이 들거든. 왜 그런 생각이 드는지 모르겠지만, 사람들이 사실을 어떻게 아는지 궁금해."

필리베르는 기뻤다.

"그래서 선생님이 뭐라고 했어?"

"철학자들은 모든 것을 깨뜨리고 본다고 했어. 데카르트도 진짜 있었던 사람이고 철학자였대."

"알아. 학교 앞 서점에서 그 이름을 봤어. 그래서 르네 데카르트라고 한 거야. 가장 먼저 떠오른 이름이었거든."

"그래. 재미있는 건 데카르트가 존재하는 모든 진리를 의심해서 유명해진 사람이라는 거야. 데카르트는 잘 생각하면 우리가 아무것도 모른다는 걸 금방 깨달을 수 있다고 했어. 우리가 아는 것은 모두 습관이고, 습관만 바꾸면 참이었던 것이 모두 거짓이 된다는 거지."

"신기하다. 오늘 아침부터 내가 그 생각을 하고 있거든. 도저히 생각을 멈출 수가 없어. 너도 그런 생각을 해 본 적 있어?"

"별로. 그래도 미슐레 선생님이 얘기를 하니까 생각해 볼 걸 그랬다는 마음이 들더라. 어쨌든 그 문제를 생각해 보고 싶어졌어."

"데카르트가 한 이야기는 그게 다야?"

"아니. 상상할 수 있는 진리는 모두 별 문제없이 의심할 수 있지만, 언제나 우리가 존재한다는 한 가지 사실만은 남는다는 말도 했어. 정말 굉장하지! 헛소리를 하기 위해서라도 우리는 존재해야 하니까. 생각한다는 것은 곧 그 사람이 존재한다는 것을 의미하는 거야. 존재하지 않는다고 말할 수는 없어. 자기가 존재하지 않는다고 생각하는 사람도 그 생각을 하기 위해서는 존재할 수밖에 없으니까. 정말 재미있지 않아?"

"그러니까 내 이름이 르네 데카르트라고 하든, 필리베르라고 하든, 앙투안이라고 하든, 어쨌거나 존재하는 건 나라는 말이지?"

"맞아."

"가면을 쓰거나 뚱뚱해져도, 나이가 들거나 지금보다 못나져도, 코를 성형하거나 겉모습을 바꿔도, 아무도 나를 못 알아본다 해도, 결국 나는 나라는 거잖아?"

"아마도 그럴걸. 미슐레 선생님이 다 설명해 주지는 않았어. 더 관심 있으면 칼벨 선생님께 물어보라고 했어. 답이 없는 질문에 답하는 것이 칼벨 선생님 일이래. 미슐레 선생님은 답이 없는 질문들 때문에 철학자는 절대로 될 수 없었을 거래. 그래서 역사를 가르친다고 하더라. 바로 그 진리 때문에."

"선생님이 정말 '진리 때문에'라고 했어?"

"그 비슷한 말을 했어."

"그럼 내가 진리 때문에 선생님한테 대들었을 때는 왜 그렇게 당황했지?"

"모르겠어. 답이 없는 멍청한 질문인 줄 알았나 보지. 미슐레 선생님한테 답은 맞거나 틀리거나 둘 중 하나지, 다른 가정은 없는 거니까. 맞다, 틀리다 말고 다른 답일 수는 없어. 네 이름이 '필리베르'면 '르네'는 될 수 없어. 그것으로 끝이지."

"미슐레 선생님이 하려던 얘기가 그것 같아?"

"아마도."

"그럼 답이 없을 것 같은 질문을 하면 어떻게 되는 거야? 이를테면 신의 존재나 죽음에 대한 질문 말이야."

"야, 그건 나도 모르지. 칼벨 선생님한테 물어봐. 그런 내용에 대해서 잘 아는 것 같으니까."

둘 다 즐겁게 웃었다. 서로 무슨 이야기를 하는지 이해하고 있었고, 잇달아 왜, 왜, 왜, 왜……라고 질문을 던지며 어떻게 되는지 보는 것도 즐거웠기 때문이다.

질문에는 힘이 숨어 있다. 사람들은 확신을 가지고 있고, 그 확신이 깨지면 당황한다. 그리고 당연히 그 상황에서 벗어나려고 애쓴다. 질문에 답할 수 있으면 부서진 진리를 고친 것과 같기 때문에 기뻐한다.

예를 들어, "최초로 비행기를 타고 하늘을 난 사람은 누구입니까?"라고 물으면 "클레망 아데르!"라고 답한다. 답을 아는 것에 만족한다. 기뻐한다. 경주에서 이긴 선수처럼 활짝 웃는다. 노력 끝에 얻은 승리다. 질문의 힘이 진리에 진 것이다.

그러나 때로는 어쩔 도리가 없기도 하다. 질문의 힘이 너무 강하면 어떤 답도 즐거움을 주지 못한다. 우리의 존재가 그렇게 확고한 사실이라면 장 밥티스트는 군대에 갇혔을 때 왜 그렇게 괴로워했을까? 청바지를 입는 게 운동복을 입는 것보다 더 좋지도 나쁘지도 않고, 휴가를 나왔을 때 다시 청바지만 입으면 정상으로 돌아오는데 말이다. 아무것도 아닌 일로 괴로워한 셈이다. 그렇다. 괴로워했다. 장 밥티스트의 박박 깎은 머리를 생각하면 그 슬픈 표정이 떠올라 필리베르는 아직도 혼란스러웠다. 장 밥티스트는 자신에게 일어나고 있는 일을 이해하지 못했고, 왜 머리 모양이 바뀌었냐고 물었을 때 군 복무 중이라고 답하면서도 스스로 그 답에 만족하지 못했다. 진리가 완전히 부서진 것이다. 이런 경우에는 질문이 강자로 남는다.

우리와 상관없는 질문들도 있다. 최초로 비행기를 타고 날았던 사람은 누구이며 가장 높은 산은 어디인지 물을 때는 일부러 묻는 것이고 그 질문을 하고 **싶은** 것이다. 그 답이 어딘가에 존재한다는 것을 알기 때문에 더욱 그런 질문을 하고 싶어진다. 그 답만 찾으면 된다. 그러나 그런 질문들은 우리와 무관하게 생긴다. 물론 우리는 존재한다. 하지만 우리가 존재한다고 말하는 것과, 병에 걸린 것처럼 **왜** 우리가 존재하는지 의문을 품을 수밖에 없는 것은 다르다. 알리베르 할머니도, 로티 아줌마도 존재한다. "아줌마는 존재하세요?" 라고 물으면 당연히 그렇다고 대답할 것이다. 심지어 그런 질문을 하는 것을 이상하게 여길 것이다.

그런데 알리베르 할머니한테 왜 날마다 똑같은 수프를 먹는지, 로티 아줌마한테 왜 손님마다 **친절한 지불**에 감사하는지 물으면 뭐라고 대답할까? 어떤 대답이 나올 수 있을까? 결국 알리베르 할머니의 수프나 로티 아줌마의 준비된 청구서가 대답인데 말이다. 알리베르 할머니는 분명히 수프 먹는 것을 즐기고, 로티 아줌마는 손님이 청구서대로 지불할 때 만족한다. 그러나 상황이 달라질 수도 있다는 사실은 생각해 본 적이 없을 것이다. 그런 습관들은 습관을 진리로 삼기로 한 날을 기억하

지 못하게 되어야 비로소 습관이 된다.

　필리베르는 자기에게 무슨 일이 일어나고 있는지 슬며시 깨달았다. 답을 발견할 때보다, 질문할 때 벌어지는 일이 더 궁금해졌다. 앙투안에게 물었다.

"너는 미슐레 선생님이 한 이야기를 어떻게 생각해?"

"사람들이 여러 가지를 배우고 싶어 하는 게 신기해. 수학, 프랑스어, 역사, 지리 등등 배울 것이 잔뜩 있잖아. 내가 그런 것들을 배운다고 생각하면 즐거워."

"진리는 즐거움을 주기 위해 만들어진 걸까?"

"즐거움을 주는데 왜 진리에서 벗어나려고 해?"

"모르겠어. 즐거움이 더 중요한 것을 감추니까 그러는 것 아닐까? 다른 것의 자리를 차지해 버리니까."

"즐거움은 누리기만 하면 돼."

"그건 동물이랑 다를 바 없잖아. 배고프면 먹고, 졸리면 자고. 그러면 다 좋다는 말이네."

"그게 다는 아니야. 인간은 더 큰 즐거움을 얻잖아. 잘은 모르지만, 음악이나 과학 같은 거 말이야."

"음악이 단지 즐거움만 준다면 인간 역시 동물과 다를 게 없어. 즐거움만 주면 어떤 음악이든 상관없잖아. 하지만 알다시피 음악이 주는 즐거움은 빵이 주는 즐거움과 다르고, 빵이 주는 즐거움도 과자가 주는 즐거움과는 다르지. 쓸모 없는 즐거움이 있는 것 같아. 사치스러운 즐거움이라고 할까."

"그럴지도 모르지. 난 잘 모르겠어. 네가 하는 이야기를 생각하면 정신이 없어."

필리베르는 의기양양하게 말했다.

"너도 진리로는 충분하지 않다는 걸 알겠지? 봐, 그래서 내가 아침부터 골치가 아팠던 거야. 생각을 도저히 멈출 수가 없어."

"정말 안됐다!"

"그런데 그게 재미있으니까 더 문제야. 그 때문에 두 시간 동안 반성실에 남아 있어야 할지도 모르지만. 더, 더 많이 생각하고 싶어."

"어쨌든 가끔 이렇게 이야기하는 것도 재미있을 것 같아."

"거 봐, 빵과는 다른 즐거움이 있다니까!"

앙투안은 빙그레 웃었다. 미슐레 선생님 시간에 있었던 일을 이해하게 된 것은 기뻤지만, 이야기하고 싶은 마음을 너무 내세운 것이 아닐까 걱정하는 눈치였다.

앙투안이 말했다.

"생각하는 건 왠지 좀 겁이 나."

"알아. 하지만 어쩔 수 없지."

"다른 일도 생각해야 하잖아. 난 짜증날 때면 도장에 가서 유도 연습을 하거든. 유도를 하면 금세 아무 생각도 하지 않게 되니까. 학교 생각도, 부모님이 이혼한다는 생각도, 아무 생각도 나지 않아. 우리 나이에도 사는 게 힘들 때가 있잖아. 그럴 때 유도를 하면 좋아. 사람이 늘 생각을 하며 살 수 있을지 모르겠는데…….”

둘은 이야기를 멈춰야 했다.

생활지도 선생님이 필리베르를 보더니 교장 선생님이 기다리고 있다고 했기 때문이다. 앙투안은 자기도 모르게 말없이 필리베르를 따라갔다. 손을 잡아 주지는 않았지만, 필리베르는 바로 그날 아침 장 밥티스트를 군부대까지 배웅하던 일이 떠올랐다.

"이번에는 내 차례구나…….”

헤어질 때 앙투안이 속삭였다.

"자, 힘내. 나중에 얘기해 줘.”

15. 부서진 진리

칼벨 선생님은 당장에 논의하는 진리에 무조건 '지나치게 큰' 중요성을 부여하는 방법을 썼다. 그 진리는 당연히 심사를 통과하지 못하고 부서져 버린다. 선생님의 즐거워하는 표정만 봐도 진리가 부서지는 것을 얼마나 좋아하는지 알 수 있었다.

가슴이 뛰었다. 앙투안과 함께 긴 시간을 보내고 나니 자신의 '병'이 얼마나 소중한지 깨달았고, 병을 지키기 위해 내키지 않아도 교장 선생님의 뜻에 따라야 한다는 생각이 들었다. 삶을 다시 친절한 습관들로 채워야 한다. 틀림없이 선생님들은 공부에 집중하라고 할 것이다. 벌써부터 교장 선생님이 노력하라고, 특히 프랑스어를 열심히 하라고 격려하는 소리가 들리는 듯했다. 만약 크게 야단을 맞지 않는다면 수학이나 역사 성적이 좋아서 일 것이다. 하지만 그건 그저 기억력이 좋기 때문이라고, 현명하지 않아도 앵무새처럼 진리를 반복할 수 있는 탓이라고 털어놓아서는 안 된다. 어느 때보다 간절하게 자신의 병에게 부탁했다.

"이번에는 입 다물고 있게 도와줘!"

문 앞에 섰다. 교장실 안에서 이야기하는 소리가 들렸다. 문을 두드리자 잠잠해졌다. 바로 들어오라는 소리가 없었다. 선생님들은 상황에 맞는 근엄한 태도를 취하고 있을 것이다.

"들어와라!"

교장 선생님이 책상 뒤에 앉아 있었다. 당연했다. 미슐레 선생님도 있었다. 그것도 당연했다. 하지만 칼벨 선생님이 있는 것은 뜻밖이었다. 미슐레 선생님의 가장 친한 친구이고 교장 선생님의 어릴 적 친구라 해도 말이다. 이런 수난 속에 칼벨 선생님까지 견딜 필요는 없지 않은가! 3 대 1이라니, 좀 너무했다.

칼벨 선생님은 웃음을 참지 못하고 있었다. 담배를 피우는 척 웃음을 애써 숨겼다. 두꺼운 안경 때문에 엄해 보였지만 몹시 즐거워하는 것을 알 수 있었다. 필리베르에게 아무 걱정 말라는 듯이 다정하게 고개를 살짝 끄덕였다. 웃음기로 눈가에 주름이 잡혔다.

필리베르는 교장 선생님이 먼저 입을 열기를 기다렸다. 교장 선생님은 당연히 아침에 있었던 일을 알고 있을 것이다. 그런데 왜 칼벨 선생님까지 알아야 하는지 알 수 없었다. 미슐레 선생님이 그 일을 어떻게 이야기했느냐에 따라 많은 것이 달라진다. 어떻게 설명하느냐에 따라 진리의 모습이 달라지기 때문이다. 지금은 그 중요성을 깨우치기 좋은 상황이었다! 가벼운 실수도 심각하게 말하면 중대한 문제가 될 수 있다. 필리베르는 우스워 보여도 문제의 병을 아주 중요하게 생각하고 있었다. 모든 점을 고려할 때 중대한 문제로 다루어지는 편이 나았다. 그래야 실망하지 않을 것 같았다.

더 생각할 시간이 없었다. 교장 선생님이 따뜻한 농담으로 말문을 열었다.

"자, 르네 데카르트 씨. 지금은 기분이 좀 어떠십니까?"

"르네 데카르트는 몹시 당황하고 있지만, 확실히 필리베르만큼은 아니에요."

세 선생님이 웃음을 터뜨리자 필리베르는 살았다고 생각했다. 선생님들의 웃음이 멎자 말을 이었다.

"미슐레 선생님, 죄송합니다. 하지만 정말 잘못했는지는 잘 모르겠어요."

미슐레 선생님이 말했다.

"그러면 사과하지 마라. 그런 사과는 받아 봤자 별로 쓸모가 없으니까. 그보다는 네가 왜 그랬는지 궁금하다. 어쨌든 그냥 장난 한번 쳐 본 것은 아니지?"

필리베르가 외쳤다.

"저도 그런 게 아니었으면 좋겠어요!"

필리베르는 갑자기 감정이 북받쳐서 눈물이 날 것 같았다. 칼벨 선생님이 의자를 끌고 앞으로 다가왔다. 심한 근시인 듯했다.

칼벨 선생님이 말했다.

"점잖은 사람들은 앉아서 이야기하지."

교장 선생님도 말했다.

"천천히 이야기하자."

미슐레 선생님도 "아무 걱정하지 마라."하고 달래며, 그 말부터 해야 했음을 깨달았다.

미슐레 선생님은 필리베르가 진정할 시간을 주기 위해 계속 말했다.

"나는 웬만한 일에는 당황하지 않는데, 아까는 정말 당황했어. 사람들은 대개 자기를 다른 사람으로 생각하기 싫어하지. 특히 네 나이에는. 어쩌다 그런다 해도 그걸 구실로 진리 전체를 의심하지는 않아."

필리베르가 대답했다.

"알아요. 하지만 오늘 아침에는 그럴 수밖에 없었어요. 아까 수업 시간에 병이라고 하셨잖아요. 병이 맞아요. 오늘 아침부터 진리가 존재한다는 것을 믿을 수 없게 되었어요. 저도 어쩔 수 없어요. 이 병 때문에 감각까지 예민해졌어요. 모든 것이 새롭게 보여요. 사람들의 습관이 두려워요. 그런데 선생님이 너무 습관대로 출석을 불렀어요. 그러자 선생님의 습관을 깨면 무슨 일이 벌어질까 보고 싶어졌어요. 어쨌든 습관 하나라도 말이에요. 모든 진리가 사실은 사람들이 뜻도 모르면서 반복하는 습관이라는 것을 깨달았거든요."

칼벨 선생님이 외쳤다.

"훌륭해! 훌륭해!"

교장 선생님이 물었다.

"그럼 진리 없이 살면 어떻게 되지?"

"좋기도 하고 나쁘기도 하겠지요. 우선 불안해지니까 힘들거예요. 무언가가 부서져서 어떻게 살아야 할지 알 수 없게 되니까요. 결국 사람들은 '산다'는 것이 날마다 그랬듯 아침에 일어나고, 학교에 가고, 일

하러 가는 것으로만 이루어지기를 바라지 않는다고 생각해요. 어쨌든 전 감기에 걸린 것만큼도 슬프지 않아요. 진리를 믿는 것보다 중요한 것이 있겠지요. 말하자면 비밀 같은 거요. 모르겠어요. 지금 머릿속이 막 뒤죽박죽이에요."

"그래서?"

"그래서 잘 모르겠어요. 그저 지금처럼 몹시 겁이 나도 이 일을 멈추지 않았으면 좋겠어요. 선생님들이 무섭다는 얘기는 아니에요. 어른들은 삶을 진리로 가득 채웠고, 그 진리들 때문에 답이 없는 질문을 못한다는 것을 알았어요."

칼벨 선생님이 다시 외쳤다.

"훌륭해! 훌륭해!"

그 말밖에 할 줄 모르는 것 같았다.

교장 선생님이 말했다.

"계속 말해 봐라. 겁내지 말고."

"오늘 아침 처음 손에 잡힌 것이 역사책이었어요. 오늘 역사 수업이 있어서 머리맡에 두었거든요. 세상의 의미들이 흔들리기 시작한 것을 알았을 때, 불안을 쫓으려고 아무데나 펼쳐서 한두 쪽을 읽었어요. 하지만 별로 마음이 놓이지 않았어요. 제가 읽은 이야기를 왜 믿어야 하는지 알 수 없었거든요. 이를테면 왜 모험 소설이 아니라 역사책을 믿어야 하는 걸까요? 모험 소설을 읽을 때도 재미있으면 웃음을 터뜨리고 마치 그 이야기가 진리인 것처럼 사로잡히잖아요. 이야기가 끝나고 현실 세계로 돌아오기 아쉬울 정도로요. 역사 시간도 마찬가지예요. 미슐레 선생님이 하는 이야기가 너무 재미있어서 진리라고 믿는 걸지도 몰라요. 선생님이 농담을 해도 우리는 똑같이 믿을 거예요."

칼벨 선생님이 미슐레 선생님에게 말했다.

"거 봐, 거 봐. 이번에는 내 탓이라고 하지 못할걸! 잘했다, 필리베르! 일 대 영!"

미슐레 선생님은 이런 놀림에 익숙한 듯 화도 내지 않았다.

"너무 앞서가면 안 된다! 역사 이야기를 하나 해 주마."

칼벨 선생님이 끼어들었다.

"또 시작이군!"

"잘 들어 봐라. 인간이 어떻게 역사를 기록하기 시작했는지 아니?"

"헤로도토스의 모험이 시작된다."

"이봐, 나도 말 좀 하게 해 줘. 필리베르, 칼벨 선생님 말은 신경 쓰지 마라."

미슐레 선생님은 웃으며 말을 이었다.

"역사를 발명한 사람은 헤로도토스가 맞아. 기원전 5세기에 그리스에 살았던 사람이지. '역사'라는 두꺼운 책을 썼는데, 그 시대에 특히 스키티아라는 나라에서 일어난 일 이야기를 했어. 스키티아가 어디에 있었는지는 잘 모르지만 그건 중요하지 않아. 페르시아 근처 같은데 어쨌든 알려지지 않은 나라야. 그런 나라에 대해서는 아무 말도 할 수 없지. 알겠지, 아무 진리도 작동하지 않는 나라라는 거야. 어떻게 보면 너는 오늘 아침부터 스키티아에 살고 있는 거야. 풍경은 네가 살던 나라이고 거기서 살며 일하는 사람들도 있지만, 너는 그곳을 알아볼 수 없어. 낯설다는 것이 무섭지 않니? 헤로도토스도 마찬가지였어. 스키티아인들이 속임수로 전쟁을 이긴다는 소문만 들어 봤지. 정당하게 승부를 하지 않는 거야. 적군이 쳐들어온다는 소식이 들리면 스키티아인들은 전쟁 준비를 하는 척 했어. 그러다 전쟁이 시작되면 소리를 지르며 쏜살같이 달아나기 바빴지. 적군은 자기들의 무력에 겁을 먹고 도망가는 줄 알고 기뻐서 조심성 없이 바짝 뒤쫓았어. 스키티아인들이 길도 없고 물도 없는 사막으로 끌어들이고 있는 줄은 꿈에도 모르고. 전쟁이 금세 끝날 줄 알고 부주의해진 거야. 어느 날 가파른 산이 나타났어. 스키티아인들이

산으로 올라가고 적군도 따라갔을 때, 갑자기 스키티아인들이 돌아서서 적과 맞섰어. 높은 위치를 차지하고 있는 스키티아인들을 공격하기란 쉽지 않았지. 적군은 방어도 제대로 하지 못하고 창, 화살, 심지어 돌멩이로도 쉽게 목숨을 잃었어. 길을 몰랐으니 더욱 빠져나갈 방법이 없었지. '손쉬운' 승리에 취한 나머지 조심하지 않아서 길도 찾을 수 없게 된 거야. 알겠지, 꾀만 있으면 엄지동자도 거인을 이길 수 있어."

미슐레 선생님은 잠시 숨을 돌리고 이야기를 계속했다.

"헤로도토스는 이 이야기에서 교훈을 얻고 그리스인들이 그와 같은 함정에 빠지지 않게 하려고 책을 썼어. 규칙도 지표도 없으면 아무것도 이룰 수 없다는 거야. 그래서 헤로도토스는 스키티아의 지리뿐 아니라 언어와 풍습도 되도록 잘 이해하려고 애썼어. 그다음에 그걸 다 그리스어로 옮겨 적었지. 헤로도토스의 '진리'가 최선은 아닐지 몰라도 적어도 전쟁에서 승리하는 데는 쓸모가 있었어. 자, 네가 우리의 진리는 습관에 불과하다고 한 말은 맞아. 하지만 적어도 그 습관이 다른 사람들과 소통하는 데는 쓸모가 있다는 걸 생각해봐. 그게 가장 중요해. 역사에서 진리는 우화가 주는 교훈과 같아. 여기저기 착오가 있어도 통하기 마련이지. 진리가 없으면 사람들은 금세 외톨이가 될 거야. 나는 네가 그렇게 될까 봐 이 일을 진지하게 받아들이는 거란다."

칼벨 선생님이 말했다.

"좋은 이야기야. 아무도 이해를 못했으니 안됐지만. 필리베르, 너는 어떻게 생각하니?"

"모르겠어요. 한꺼번에 너무 많은 이야기를 들어서요. 그래도 진리가 우화의 교훈과 같다는 이야기는 이상해요. 진리는 사실이 아니라도 따라야 하는데……."

칼벨 선생님이 외쳤다.

"이 대 영!"

미슐레 선생님이 대꾸했다.

"진리는 인간이 진보하면서 바뀌는 거야. 칼벨 선생, 살아가는 데는 최소한의 겸손이 필요해."

"겸손하고는 아무 상관없어. 때때로 사람들은 조금씩 발전하는 척할 때보다 확

실한 방법을 찾을 때 더 겸손해지지. 진리에 의문을 제기하고 청소를 해야 돼. 쌓이고 쌓인 진리를 끌고 다니기 버거워져서 아무것도 할 엄두가 나지 않게 되면 결국 진리와 타협하게 돼. 그런 식으로 불운에 맞서는 거야. 이따금 필리베르 같은 아이가 일깨워 주지 않으면, 우리는 진리를 확신하며 게을러질 거야. 무기력하게! 케케묵은 주장을 끊임없이 되풀이하며 안심하겠지. 실력을 발휘한 진리들로 만족하는 거야."

미슐레 선생님이 말했다.

"그렇지. 하지만 적어도 엉겁결에 헛된 혁명을 시작하는 것은 피할 수 있어."

"혁명은 삶에 새로운 바람을 불어 넣는 거야! 난 절대로 권태에 눌려 질식하고 싶지 않아. 난……."

이때 교장 선생님이 끼어들었다.

"진정들 하세요."

필리베르는 청소년기의 문제를 해결하지 못한 어른들도 있음을 깨달았다. 선생님들의 이야기를 잘 이해할 수 없었지만, 차차 자신도 중요한 이야기를 함께할 수 있으리라는 확신이 들었다.

선생님들이 목소리를 높이며 좀처럼 흥분을 가라앉히지 못하는 모습을 보니, 왜 칼벨 선생님 수업이 시끄러워지는지 알 수 있었다. 찬성인지 반대인지 태도를 정하지 않을 수 없었다. 자꾸 칼벨 선생님이 싸움을 걸었다. 미슐레 선생님을 흥분시키는 재주가 있었다. 아무리 작은 진리라도 늘 답이 없는 의문이 있음을 깨닫게 하려는 거였다. 바로 그것이 아침에 일어난 일이었다.

지금도 미슐레 선생님을 그냥 내버려 두었다면 결국 원만하게 수습해서 만족스러운 합의를 끌어냈을 것이다. 미슐레 선생님은 언제나 모두가 합의할 수 있는 보편적인 진리를 찾아냈다. 저마다 자기에게 이로운 다양한 진리를 선택할 수 있지만, 거기에 지나친 중요성을 부여하지만 않으면 상관없다.

반대로 칼벨 선생님은 당장에 논의하는 진리에 무조건 **지나치게 큰** 중요성을 부여하는 방법을 썼다. 그 진리는 당연히 심사를 통과하지 못하고 부서져 버린다. 선생님의 즐거워하는 표정만 봐도 진리가 부서지는 것을 얼마나 좋아하는지 알 수 있었다.

필리베르는 칼벨 선생님에게 끌릴 수밖에 없었다.

교장 선생님이 필리베르에게 말했다.

"봐라, 네가 던지는 질문은 답이 빨리 나오는 것이 아니야. 이해해 주신 미슐레 선생님께 감사해야 한다. 이제 네가 어떻게 할 셈인지 궁금하구나."

"저도 잘 모르겠어요."

"당연해. 어쨌든 도와줄 테니 걱정마라. 하지만 너도 컸으니까 이해하겠지. 학교에서 너무 말썽을 피우면 벌을 줄 수밖에 없다. 네가 잘못해서라기보다 학교의 질서를 지키기 위해서야."

"알아요. 그래서 안타까워요. 진리를 모든 면에서 비판하면 어떻게 되는지 보고 싶은데요."

미슐레 선생님이 대답했다.

"혁명이 일어나겠지."

그러자 또 칼벨 선생님이 끼어들었다.

"그래서? 낡은 습관 위에는 아름다운 것을 세울 수 없어!"

필리베르가 말했다.

"우선 자기 안에서 혁명을 일으킬 수는 있겠죠."

교장 선생님이 고개를 끄덕였다.

"그러니까 네가 여기 있는 거다. 학교에서 행복해질 수 있는 방법을 찾아보면 어떻겠니? 보다시피 무슨 일인지 알아주는 선생님들도 있어. 그런 선생님은 흔하지 않아! 하지만 이해하지 못하는 선생님들도 존중해야 한다."

미슐레 선생님이 말했다.

"진리를 가지고 장난을 치면 금세 다른 사람의 삶을 가지고도 장난치게 돼. 전쟁은 국가나 학교의 입장에서 꼭 좋은 것은 아니야. 어쨌든 역사를 보면 대가를 치르는 쪽은 늘 가장 약한 사람들이라는 사실을 알 수 있지. 그리고 이 자리에서 가장 약한 사람은 바로 너란다."

교장 선생님이 말했다.

"미슐레 선생님과 칼벨 선생님이 너에게 기회를 주라고 부탁했다. 혹시 관심 있니?"

"관심 있으면요?"

"알겠지만 우리와 있을 때는 솔직하게 말해도 된다. 하지만 이 작은 실험을 오랫동안 계속하고 싶으면 문제가 커지지 않도록 조심하는 법을 배워야 한다."

칼벨 선생님이 말했다.

"봐라, 철학자가 없으면 아무도 이런 약속을 하지 않을 거다. 미슐레 선생님도 마찬가지야. 인정하기 싫어해도 미슐레 선생님이 철학에 사로잡혀 있다는 것을 알 수 있지. 네 이야기를 들어 주었고 지금도 듣고 있잖아."

"그런데 지금은 겁이 나요. 저 혼자서는 아무것도 못할 거예요. 오늘 하루가 근사한 꿈으로 남는 편이 좋겠어요. 되도록 오랫동안 오늘을 기억하도록 애쓸 거예요. 특히 선생님들이 잘해 주신 것을 잊지 않을게요."

교장 선생님이 말했다.

"더 좋은 방법이 있다. 너만 좋다면 칼벨 선생님과 함께 오후를 보내

* 악법도 법이다.

는 거다. 선생님은 오후 수업이 없고 너하고 이야기하고 싶다니까."

"철학자가 태어나는 것을 보다니. 생각해 봐, 탄생을 보는 거야!"

칼벨 선생님이 외쳤다. 도무지 차분하게 말할 줄을 모르는 듯했다.

교장 선생님이 말을 이었다.

"내일 네가 학교에 나오면 어떻게 되었는지 알 수 있겠지. 알겠지만 그냥 한번 편하게 이야기해 보라는 거니까 기대에 어긋나도 너무 실망하지 마라. 우리한테는 젊은 시절의 추억 같은 거야. 우리도 삶에 희망을 품고 있었지. 삶을 깨어나게 하지 못하는 교사는 고작 질서를 유지하는 사람일 뿐이야. 너는 미슐레 선생님과 칼벨 선생님이 있으니 우리가 가져보지 못한 선생님들을 갖게 되는 거다."

미슐레 선생님이 물었다.

"괜찮겠니?"

"괜찮겠냐고요? 선생님들을 안아 드리고 싶어요."

"남자들끼리니 악수면 된다."

교장 선생님이 말을 맺었다.

"무슨 일이 있어도 가끔 교장실에 들러서 어떻게 되어 가는지 이야기해 줘야 한다."

필리베르는 칼벨 선생님과 함께 교장실을 나왔다.

지금, 인생은 필리베르가 감히 바라지도 못하던 선물을 주었다.

16. 칼벨 선생님, 철학 그리고 텔레비전

텔레비전을 보는 아이들이 훨씬 많아요. 무엇보다 텔레비전은 아이들에게 말을 걸지만 철학은 그렇지 않으니까요. 여태껏 저는 철학 이야기를 들어본 적이 없어요.

오후 수업은 이미 오래전에 시작되었다. 교실 안은 아이들과 선생님이 나누는 대화 소리로 웅성거렸다. 필리베르가 칼벨 선생님과 함께 학교를 나가는 모습은 아무도 보지 못했다.

"첫 번째 질문이다. 어디로 가고 싶니?"

"바닷가요. 갈 수 있다면요."

"아! 그럼 운전을 해야겠구나. 사실 난 운전을 싫어하지만. 하지만 넌 아직 카페에 앉아 있고 싶어할 나이가 아니지. 네가 옳다."

"바닷가에 가면 공기도 맑고 시야가 탁 트여 멀리까지 볼 수 있어서 덜 답답하니까요."

"굳이 설명하지 않아도 돼."

칼벨 선생님은 걱정했던 것과 다르게 운전을 잘했다. 좀 속도를 냈지만 지나치게 빠르지는 않았다. 눈이 나쁜지 고개를 앞으로 쭉 빼는 자세였다. 바닷가에 도착할 때까지 서로 아무 말도 하지 않았다.

드디어 두 사람은 바다를 향해 자리를 잡고 앉았다. 물결에 햇빛이 반사되어 눈부시게 반짝였다. 아이들이 그린 그림에 나오는 풍경처럼 하늘에는 갈매기 대여섯 마리가 날고 있고, 분홍색 홍학들이 얕은 바닷물에 발을 담근 채 서성였다. 엄마와 함께 햇빛을 쐬러 나온 어린아이 몇몇이 보였다. 이 정도 배경이면 편하게 대화하기에 충분했다.

그런데 막상 무슨 말부터 해야 할지 몰랐다. 언제나 시작이 가장 힘들다. 할 말이 한꺼번에 너무 많이 떠올라 딱 어느 하나만 고르기 힘들었다. 하던 이야기가 있으면 그냥 이어서 하면 될 텐데.

"괜찮니?"

"괜찮아요. 근데 좀 어색하네요."

"사실 나도 그렇단다."

칼벨 선생님은 머뭇거리며 흘러내린 안경을 코 위로 추켜올렸다.

"서로 친구처럼 편하게 이야기하면 어떨까? 그러면 나도 덜 어색할 것 같다. 내가 선생이라는 생각도 덜 들고. 사실 아이들과 이야기하는 건 익숙하지 않거든. 네가 내 수업을 듣는 것도 아니니까."

"저…… 그럼 선생님은 아이가 없어요?"

"있지. 하지만 내 아이들과 정말 중요한 문제를 토론해 본 적은 없어. 나도 집에서는 다른 아빠들과 똑같이 행동하니까. 철학자라 해도 자기 아이들과 진지하게 토론할 수 있을지 모르겠다. 나는 아예 해 볼 생각도 하지 않았거든."

"불편해서요?"

"그런 것 같아. 쑥스러운 기분이 들거든. 아이들의 자유를 지나치게 존중하는 것 같기도 해. 만약 아이들이 날 기쁘게 하려고 철학 이야기를 한다면 부끄러울 것 같아. 철학은 장난감이 아니니까."

"우리가 이상한 걸 수도 있어요. 정말 병일지도 몰라요."

"고대 철학자들, 그러니까 그리스인들도 우리처럼 행동했어. 햇빛 속으로 나가서 이야기를 나눴지. 꼭 바닷가는 아니라도 어쨌든 양지바른 곳에서 말이다. 아마 그래서 그리스인들이 지혜가 햇빛처럼 눈부시다고 했을 거야."

"그건 그냥 말이 그렇다는 것 아니에요?"

"그렇기도 하고 아니기도 해. 눈앞에 있는 것을 보고 생각이 마구 떠오르는 걸 무슨 수로 막겠니? 난롯가에만 있었으면 똑같은 생각이 떠올랐을까? 평범한 사람들의 존재를 잊어버리기 때문에 진리가 딱딱하고 고약해지는 거야. 지나치게 보편적인 생각 속에 갇혀 있어서 모두에게 호소하려 드는 탓에 개인의 관심을 끌지 못하게 되는 거지. 그런데 너나 나 같은 개인이야말로 삶과 직접 관계가 있는 사람 아니니?"

"군대에 가면 그렇게 되지요. 저마다 다른 사람들을 다 똑같은 군인으로 만들어 버리니까요."

칼벨 선생님은 빙그레 웃으며 비꼬았다.

"무차별 상태가 되는 거지. 그런 말이 있단다."

"그러니까 군인으로 변화하는 과정에서 다들 괴로워하는 거예요. 섞이고 나면 누구나 다 비슷비슷해져요. 구별할 수가 없어져요. 옷, 얼굴, 아마 눈빛까지도 똑같아질걸요. 딴생각을 못할 뿐 아니라 아무 생각도 하지 않으니까요."

"죽음에 대해 생각하지 않는 법을 익히는 거야. 군대에서는 체조를 하는 게 아니라 죽을 준비를 한다는 것을 잊지 마라. 겨우 총알 한 방에 날아갈 목숨인데 그렇게 애를 써서 보기 좋게 튼튼한 젊은이로 만들어 놓는 것을 생각하면 소름이 끼친다."

선생님은 잠시 망설이다가 말했다.

"내 말이 지나쳤구나. 신경 쓰지 마라."

침묵이 흘렀다.

"죽음을……."

칼벨 선생님이 중얼거렸다. 전쟁에서 죽은 사람을 생각하는 듯했다. 친한 친구 아니면 형제일지도 모른다.

필리베르가 말했다.

"어떤 군인이 죽을지 미리 정해지는 건 옳지 않아요. 죽음은 공평해야 하고, 누구에게나 제 몫이 주어져야 하니까요. 왜 이 사람이 아니고 저 사람일까? 다 비슷비슷하면 망설이지 않게 되지요. 선생님 말이 맞아요. 누구는 약혼녀가 있고, 누구는 아이가 있고, 누구는 어머니가 있고, 누구는 그 사람을 꼭 필요로 하는 사람이 있다 해도 죽음은 상관하지 않아요. 누가 남보다 더 삶을 사랑하는지도 신경 쓰지 않고요. 아무나 뽑아 놓고 일부러 고른 사람은 없으니까 공평하다고 믿는 거지요. 그러고는 죽음이 떠나버린 뒤에야 집에 사망 소식이 전해지는 거예요. 죽음은 아무 생각이 없어요."

"죽음 이야기는 그만하자."

"어떤 의미에서는 습관도 우리한테 비슷한 방법을 쓰는 것 같아요. 우리 행동을 군인들처럼 하게끔 만들지요. 죽이지는 않지만 평범하게 만들어요. 예를 들어 학교에 가는 사람은 저든 앙투안이든 누구나 학생이에요. 일할 때는 또 어떻고요? 우체국에서 일하는 사람이 앙브로지노 아저씨든 코베 아저씨든 무슨 상관이에요? 우편물이 제대로 배달되기만 하면 말이에요."

"그 사람들한테 신경을 안 쓰니까 그런 말을 하는 거야. 일하는 모습을 살펴보면 어디가 다른지 알 수 있을 거다. 나름의 행동 방식을 쉽게 이해할 수 있지. 같은 일을 맡게 되면 대개 같은 행동을 해. 다른 식으로 행동한다면 이유가 있는 거야. 좋은 이유냐 나쁜 이유냐는 중요하지 않아. 이유 자체가 중요하지. 이유가 의미를 부여하니까. 그러니까 사람들이 찬성이냐 반대냐를 끝없이 따지는 거야. 아무리 어리석은 행동이라도 똑똑해지는 데 필요한 것은 다 들어 있어. 사람들이 그것을 어떻게 해야 할지 모를 뿐이지. 모르는 게 문제야."

"그럴 때 철학자들이 좋은 방법을 가르쳐 주는 건가요?"

"적어도 목표는 그렇지. 하찮은 삶을 가치 있는 삶으로 변화시킬 방법을 찾는 거야. 정말 살아 있는 삶 말이야! 혁명으로 그런 일이 가능해지는데 어떻게 혁명을 싫어할 수 있겠니?"

칼벨 선생님은 갑자기 웃음을 터뜨렸다. 미슐레 선생님 생각이 난 모양이었다.

"살아 있는 삶! 필리베르, 죽은 삶도 있단다. 더 끔찍한 것을 말한다면 밋밋한 삶도 있지."

필리베르는 잠시 망설였다. 칼벨 선생님이 '밋밋한'이라는 말을 발음할 때 낸 이상한 소음이 마음에 걸렸다.

"있잖아요, 사람들은 몸에 밴 습관대로 생활을 하잖아요. 습관대로 하면 편해지고요. 오늘 아침 저는 우리 동네에 사는 알리베르 할머니 생각을 했어요. 날마다 식품점에 들러서 수프에 넣을 채소를 사는데, 늘 똑같은 것만 사 가요. 어리석어 보이지만 그게 할머니의 생활이에요. 아마 다르게 살 수는 없을 거예요."

"그러니까 함부로 남을 우습게 보면 안 되는 거야. 어떤 사람이 왜 습관을 지키려고 애쓰는지 정확한 이유는 아무도 몰라. 습관은 그 사람이 보내는 신호이기도 해. 너부터가 병에 걸렸다고 말했다는 것을 잊으면 안 된다."

"그렇다면 왜 저만 그 병에 걸려서 모든 것을 바꿔 보고 싶어졌을까요? 왜 선생님은 저와 이야기하고 싶어졌어요? 그럴 만한 이유를 찾아야지요."

"이유를 너무 멀리서 찾으려고 하면 안 된다. 교장 선생님과 나는 열여덟 살 때 세상을 바꾸고 싶어 안달했지. 주위에 부당한 일이 너무 많았거든! 하지만 그 나이에 대단한 일은 할 수 없었어. 여기저기 시위나 참가하는 게 고작이었지. 그래도 한두 번은 욕을 먹어가며 경찰서에서 밤을 보냈어. 경찰관들은 욕설을 퍼붓기는 해도 심하게 대하지는 않았어. 무엇보다 우리 때문에 집에 갈 수 없으니 원망할 수밖에. 우리도 그때 꽤 충격을 받아서 최선을 다해 열심히 살기로 했어.

그래서 먼저 변두리 지역으로 가서 학교에 다니지 못하는 아이들에게 읽는 법을 가르쳤어. 순진하게도 그 애들이 공부를 더 하고 싶어 하는 줄 알았지. 우리는 곧 환상에서 깨어났어. 그 애들은 공부보다는 오토바이 살 돈을 벌고 싶어 했으니까. 돈이 부족하다 싶으면 거리낌 없

> 첫,
> 잘난 졸업생들

이 남의 돈을 날치기했어. 그 애들 생각으론 그런 일은 도둑질도 아니었어. 오토바이나 부츠, 점퍼가 너무나 갖고 싶었던 거야. 참을 수가 없었던 거지. 그 애들한테 가르칠 것이 없었어.

그 뒤로 지금까지 우리는 별로 삶을 개선할 기회가 없었어. 돈이 넘쳐 나도 소용 없었을 거야. 그렇다 해서 계속, 여전히, 악착같이, 끊임없이 시도하지 않아도 되는 걸까? 미슐레 선생님은 말은 좀 삐딱해도 우리와 뜻이 같아서 이 학교에 왔을 때부터 함께 애써 주었지만, 그다지 결과는 신통치 않았어. 이따금 너 같은 아이가 나오지 않으면 우리는 별다른 혁명도 일으키지 못하고 계속 일과만 따라가겠지.

선생님은 빙그레 웃었다.

"생각해 보면 이상해. 왜 기를 쓰고 삶의 의미를 찾으려고 할까?"

"선생님 시간에는 별로 잠이 오지 않는다고 하던데요. 가끔 난리가 난다고도 하고요."

"다행히 불꽃이 꺼지지는 않았으니까. 모든 것을 포기하면 정말 너무 부끄러울 거야. 그래서 내 작은 세상이라도 뒤흔들려고 애쓰는데, 그것도 점점 어려워져. 돈이 많아질수록 더 어려워지지. 열여덟 살짜리 학생들이 그렇게 얌전하다니 이해할 수가 없어. 그렇게 평범하다니."

"선생님은 철학 덕분에 버티는 거지요?"

"그래. 철학이 내 삶, 결코 잠들지 않는 삶이 되었기 때문이지. 조금씩 그렇게 되었어. 나도 너처럼 어느 날 갑자기 하늘에서 철학이 뚝 떨어졌는지는 기억조차 나지 않는다. 하지만 나는 완전히 철학에 사로잡혔지."

선생님은 다시 빙그레 웃었다.

"이제 난 끝이야. 돌이킬 수 없어!"

"깨어 있는 젊은이들이 학교에 없는 게 아닐까요? 저는 장 밥티스트라는 정비사 친구가 있거든요. 비록 학교에 다니지 않지만 항상 깨어 있죠. 저는 수업이 없는 수요일 오후 정비소에 가서 장 밥티스트와 함께 이야기하기를 좋아해요. 게다가 일자리를 구하지 못한데다가 앞날을 걱정해 주는 사람조차 없는 젊은이들도 있어요."

"학교에 다니는 것과 다니지 않는 것에 어떤 차이가 있을까?"

"학교에 다니면 복잡한 지식과 어려운 말을 배우지요. 또 학교를 마치면 졸업장을 받고요. 당연히 특권이 있어요."

"그러니 학교를 활용하지 못한다면 더 아쉬운 거야. 나는 사람들이 까탈스럽게 구는 것을 보면 안타깝다. 원하는 사람한테 원하는 삶을 갖다 주는데 그 사람은 그 삶을 누리면서도 사는 게 재미없다고 하는 거야. 놀기를 좋아하는 것도 아니야. 시간을 그냥 흘려보내려고 하는 것에 불과해. 텔레비전 앞에 널브러져 무엇을 보는지도 모르는 채 하품만 해. 뭔가 볼 것이 있나 하면서 계속해서 이리저리 채널만 돌리는 거야. 결국 아무 데서도 멈추지 못하게 돼. 한 프로그램이 시작할 때면 벌써 다음 프로그램을 고르고 있어. 한 마디로 정신이 늘 딴 데 가 있는 거야."

"누가 억지로 채널을 고르게 만드는 느낌이 들어서 그럴 거예요. 속을까 봐 걱정하는 거지요. 그러니까 저도 선생님한테 아무것도 부탁하지 않았잖아요. 아무한테도요. 만약에 선생님이 다짜고짜 찾아와서 이야기하자고 했으면 따라나서지 않았을 거예요. 내키지 않으니까요."

"하지만……."

"네?"

"난 누구나 언젠가는 너와 같은 '병'에 걸린다고 생각해. 홍역이나 감기처럼. 모든 사람이 걸리지. 대부분은 그 병이 낫게 되고. 홍역이나 감기처럼 면역이 생기는 거야. 그렇지만 나는 반대로 네 병이 낫지 않았으면 좋겠다. 평범해지고 싶을 때마다 그 병이나 나를 생각하면서 부디 실망시키지 않았으면 좋겠구나."

"그러려면 용기가 필요해요."

"용기보다는 참을성이 필요하지. 아주 고집스러운 참을성."

"진리에서 벗어나기란 쉽지 않아요."

"잘 알겠지만 진리가 언제나 틀린 것은 아니기 때문이야. 그랬으면 너무 단순했을 거야. 사람들은 삶이 단순하기를 바라지. 지금 너처럼 뜻밖의 일이 닥칠 때마다 드디어 삶이 단순해지는 줄 알아. 이제 더 이상은 없다고 생각해. 횡재라도 한 것처럼. 하지만 삶은 연애와 같아서, 오래 버티는 것이 가장 힘들어. 흘러가는 긴 시간을 참아낼 용기가 없으니까 습관을 들이는 거야. 때로는 불안한 마음에 꿈속처럼 살아 보려 하지만, 현실로 돌아오면 더욱 힘들 뿐이고."

선생님은 잠시 머뭇거렸다.

"비밀 이야기를 하나 해 주마. 스무 살 때 나는 연극 배우와 불같은 사랑에 빠졌단다. 아름다운 사람이었어! 소설에 등장하는 어떤 사랑보다도 열렬했지. 그런 사랑이 내게 찾아온 거야. 그 사람에게도 마찬가지였어. 그 사람은 배우였고 나는 연극을 좋아해서 우리는 종종 훌륭한 장면 속 대사를 외워서 주고받기도 했어. 나는 우리가 남보다 멋진 삶을 사는 줄 알았어. 사실 우리는 무의식중에 연기를 하고 있었지. 진짜 삶은 젖혀 놓고서. 나는 여러 책을 뒤지며 더 멋진 말을 찾으려고 애썼고, 그 사람은 나에게 자기 대사를 읊었어. 당연히 관계가 오래갈 수 없었어. 사이가 틀어진 것은 아니야. 요즘도 가끔 만나니까. 그 사람은 여전히 배우야. 서로 싸운 것은 아니지만 시간이 갈수록 삶이 지루해지고 서글퍼졌어. 어떻게 해야 그 정열을 유지할 수 있을지 몰랐어. 엉망이 된 거야. 사실 우리는 아무것도 할 수 없었어. 시간이 흐르면 모든 것이 윤기를 잃기 때문이야. 확실히 일상적인 삶을 사는 것이 가장 힘들어."

"역사학자들은 좋겠네요. 나폴레옹이나 샤를마뉴 대제 같은 왕들이나 위인들과 함께 사는 거니까요. 그 사람들이 본보기가 되잖아요. 한 사람이 지루해지면 다음 사람으로 넘어가면 되고요."

"네 말이 맞다. 그러니까 역사가 매력적이지. 절대로 지루해지지 않아. 서점에도 역사책이 잔뜩 있고, 무엇보다 장대한 역사적 사건에 평범한 사람들을 섞어 놓은 역사 소설이 넘쳐 나지. 그런 책을 보면 모험이 코앞에 있다고 믿게 돼. 나도 열여덟 살 때 혁명을 일으키면서 역사에 참여하고 싶었어. 내 이름을 위인이나 장군, 영웅의 이름과 나란히 남길 수 있다면 자랑스러울 것 같았어. 혼자 힘으로 세계를 바꾸어 놓을 것 같았지. 그 당시에는 내 힘으로 그런 일을 할 수 있다고 철석같이 믿었지만, 시간이 흐르면서 결국 나는 철학자가 되었어. 평범한 삶이 더 좋아지기 시작했다는 뜻이야. 사실 주어진 삶은 그것뿐이었지. 평범한 사람들과 함께 사는 법을 배웠고, 그 삶에 실망한 적이 없어. 생각해 봐라. 지금 너와 내가 바닷가에 앉아 세상에서 가장 중요한 일을 이야기할 수도 있잖아. 여기에는 선생도 학생도 없고, 아는 사람도 모르는 사람도 없어. 세상에서 가장 친한 친구처럼 함께 오후를 보내는 즐거움이 있을 뿐이지. '평범한' 삶이란 진부한 삶이 아니라 함께하는 삶을 뜻해. 우리는 여기 *함께* 있지."

"그야 그렇지만, 선생님이 제가 모르는 많은 것을 안다는 사실은 변하지 않아요."

"내가 뭘 아는데?"

"이를테면 진짜 르네 데카르트를 알잖아요."

"그래서? 나는 데카르트를 대답의 형태를 띤 진리, 즉 책 속의 진리로 아는 거야. 사전은 누구나 펼칠 수 있지만, 진짜 진리는 사전에서 찾을 수 없지. 우리가 사는 현장에서 잡아내야 돼. 그리고 진짜 진리 앞에서는 학자나 아이나 다 똑같으니까 단호하게 거리낌 없이 행동해야 해. 나이에 상관없이 시도할 수 있어. 어떤 의미에서는 어릴수록 좋아. 아직 지식으로 생각을 꽉 채우지는 않았으니까. 미슐레 선생님을 생각해 봐! 지식이 있어도 뭐라고 대답해야 할지 모르잖아!"

"그럼 데카르트는 아무 도움이 되지 않아요?"

"도움이 되지. 하지만 고작 함께 고민해 줄 뿐이야. 철학자라면 누구나 마찬가지야. 다들 좋은 동반자들이지. 미리 말해 두지만 그들 중 똑같은 이야기를 하는 사람은 하나도 없어. 자기 책에서 처음부터 끝까지 똑같은 주제만 말하는 철학자도 없고. 이 이야기를 들으면 미슐레 선생님이 좋아할 거다! 그러니까 적어도 진리는 물 건너갔다고 할 수 있지. 그래도 상관없어. 철학자들은 **모두**가 사실은 같은 말을 하는 거니까. 알겠니? 중요한 단 하나의 말, '깨어나라!' 어느 철학 책을 보아도 '깨어나라!'라는 호소가 나올 거야. 조금만 주의를 기울이면 알 수 있지. 원하든 말든 누구한테나 기회가 있는 거야. 지식보다는 호기심이 중요해."

"그렇다면 철학 책을 읽어도 소용없어요?"

칼벨 선생님이 소리쳤다.

"소용있지! 하지만 **잘** 읽어야 해. 철학자도 독자와 마찬가지로 길을 찾는 사람이라는 점을 잊으면 안 된다. 철학자들이 무엇을 좀 아는 줄 알고 책을 읽는다면 끝장이야. 그럴 때 아무것도 이해하지 못할 가능성이 가장 높아. 하지만 철학자가 너와 같다고 생각하면, 즉 너와 같은 어려움을 헤쳐가고 있다고 생각하면 그나마 이해할 가능성이 있지. 만약 이해하기 어렵다면 표현이 부족해서 그럴 수도 있지만, 무엇보다 길을 찾고 있기 때문일 거야. 길을 찾으면서 더듬더듬 나아가다가 길을 잘못 들면 다시 뒤로 돌아오고, 또 더 밝은 길을 찾을 때까지 여기저기가 보는 거야. 가끔 심각한 척하는 것은 단지 삶에 대해 조심스러워 하기 때문이지. 당연히 그렇지 않겠니? 철학자도 길을 찾고 있다는 사실을 명심해라. 철학자가 좋아하는 것이 바로 찾는 일이야. 삶을 가지고 노는 거지. 바로 그거야. 삶을 가지고 논다……. 철학 책을 읽을 때는 늘 철학자가 너에게 웃음을 보내고 있다고 생각해라. 진정한 철학자는 덩치 큰 아이와 같아. 아이들이나 던지는 질문을 평생 던지니까."

선생님은 잠시 말을 멈추고 생각에 잠겼다. 얼마 뒤, 필리베르가 옆에 있다는 걸 잊은 듯 중얼거렸다.

"나도 아이 같아질 수만 있다면……."

"뭐라고 하셨어요?"

"아무것도 아니다. 넘어가자. 그보다는 비밀 이야기를 하나 더 해 주마. 내가 고등학교 삼학년 때, 철학 선생님은 훌륭한 분이었지만 아주

엄했어. 선생님한테 질문을 하느니 죽는 게 나을 정도였으니까. 나는 선생님 눈에 띄지 않으려고 교실 뒷자리에 앉았지만, 선생님이 하는 말은 한 마디도 놓치지 않고 열심히 들었어. 선생님은 '어떤 책이라도 좋으니' 철학 책을 읽으라고 했어. '단, 절대로 포기하지 말고 읽고 또 읽어라.'라고 했지. 난 헌책방에서 마음에 드는 책 한 권을 싼값에 샀어. <존재와 시간>이라는 책이었어. 괜찮은 책 같았고, 제목을 보니 호기심이 생겼지. '시간'

의 의미는 짐작할 수 있었지만, '존재'는 신비로운 느낌이 들어서 매력적이었어. 그런 제목의 책을 갖게 된 것이 뿌듯했고. 하지만 안타깝게도 그 책의 내용을 전혀 이해하지 못했던거야. 내가 도저히 이해할 수 없는 책이었지. 그래서 중요한 시험을 망치거나 좌절감이 들 때면 그 책을 꺼내 몇 문단 읽어 볼 정도였어. 아무것도 이해하지 못해서 읽다

보면 웃음이 나왔으니까. 내가 보기에는 횡설수설 그 자체였어. 그렇게 나는 절망적인 순간을 철학자와 함께 보내는 습관이 들었단다. 그러다가 확실하지는 않지만 일이 년 뒤에, 그 책의 몇 쪽을 내리 이해할 수 있다는 걸 깨달았어. 이해하다니! 마침내 그 내용이 내 머릿속에 들어왔던 거야. 나를 그렇게 놀려대던 철학자가 드디어 내 친구가 되었다고. 그 사람이 하는 이야기는 심지어 아름답게 느껴지기까지 했어."

"저도 그럴 수 있을까요?"

"그건 너밖에 모르는 일이야. 네 또래 아이들이 무슨 생각을 하는지 알 수 없으니까. 내가 네 나이 때는 온 동네를 뛰어다닐 생각뿐이었어. 개구쟁이였거든. 주로 모험소설을 읽었고. 지금은 물론 철학책을 꽤 많이 읽었지. 철학자들은 늘 함께 있어. 지금 우리가 하는 이야기에도 어느 정도 철학자가 나올 수밖에 없지."

"그거야 당연하지요."

"어쨌든 지금 우리는 함께 철학을 하고 있는 거야. 그건 확실해."

"선생님이 읽은 책보다 쉬운 책을 써야 해요. 읽고 싶을 때마다 다시 읽을 수 있는 책이요. 사람들이 이런저런 대목을 다시 읽도록 일부러 여기저기 조금 어렵게 만들 수는 있겠지요. 포기하는 사람도 있고 시간을 들여 읽는 사람도 있을 거예요. 전 소설은 금방 싫증이 나요. 어떤 이야기인지 알아갈수록 점점 재미가 없어지거든요. 게다가 작가들은 단순하게 쓰려고 무진장 공을 들이는 것 같아요. '단순'한 게 무슨 의미가 있어요?"

"철학책에는 '생각'을 써야 해. 하나의 생각은 말하자면 간직하고 싶은 짧은 한 문장이나 글 한 토막이야. 나도 몇 개 외우고 있다. 예를 들면, '젊을 때 철학하기를 망설여서는 안 되고, 늙어서 철학에 싫증내서는 안 된다. 자기를 돌보는 데는 늙고 젊음이 상관없기 때문이다. 철학하기에 너무 이르거나 너무 늦다고 말하는 것은 행복해질 시간이 아직 오지 않았거나 이미 지나갔다고 말하는 것과 같다.'"

"선생님 생각이에요?"

"아쉽지만 아니야. 그리스 철학자 에피쿠로스의 생각이지. 에피쿠로스가 하는 말은 참과 거짓의 문제가 아니야. 여기에서 간단히 받아들일 수 있는 것은 하나도 없어. 철학이 무엇인지는 말하지 않고, 대뜸 철학을 해야 한다고 말하지. 철학은 누구나 하는 일이라는 얘기야. 그러니까 젊은이한테나 늙은이한테나, 나한테나 너한테나, 아는 사람한테나 모르는 사람한테나, 각자 능력과 재능에 따라 모든 사람에게 철학이 유익할 수 있어. 에피쿠로스의 문장은 모든 사람에게 적용될 여지가 있어. 호기심만 있으면 돼. 너를 행복하게 하는 것이 나를 행복하게 하는 것과 같지는 않겠지……. 에피쿠로스는 단지 우리한테 행복해지라고 격려하는 것이고, 무엇으로 어떻게 행복해질 것인가는 우리가 직접 찾아야 해."

"**함께** 행복해질 수도 있어요. 지금 우리도 그렇잖아요."

"그렇지! 에피쿠로스의 말은 그것만으로도 대단해. 진지한 철학자 가운데 아무나 골라잡아도 이 정도로 유익한 이야기를 발견할 수 있단다."

"어째서 제 친구들은 모험 영화나 텔레비전, 축구, 만화를 더 좋아할까요? 왜 아이들을 위한 책을 쓴 철학자는 없지요? 제가 읽을 만한 책 말이에요."

"왜 그럴 것 같니?"

"그런 책은 습관을 너무 많이 바꾸기 때문일까요?"

"더 생각할 것 없다. 그게 정답이니까!"

"너무 슬픈 일이네요."

"참을 수밖에 없지. 우리는 이렇게 서로 이야기하면서 남들이 하지 않은 일을 하는 거야. 때로는 책 표지에 '철학'이라는 글자만 있어도 사람들이 도망간단다."

"사람들 모르게 덫을 놓아야겠네요."

"그래, 맞아. 하지만 물고기를 잡는 것이 전부가 아니야. 계속 잡아두는 것이 문제지."

필리베르가 혼잣말을 했다.

"앙투안이라면…….."

"앙투안뿐 아니라 누구의 삶이든 바꾸어 놓을 수 있어. 때로는 미소나 눈길만으로도 충분해. 철학은 자기를 위해 하는 게 아니야. 다른 사람들을 위해서 하는 거지. 철학은 토론하는 거야! 너는 나를 위해, 또 앙투안을 위해, 나는 너를 위해 철학을 하지. 누가 정말로 우리 말을 듣고 있는지는 잘 몰라. 그러니까 절대로 낙담하면 안 된다. 우리가 말하는 대상이 다음 사람, 앞으로 나타날 사람, 아직 관심을 두지 않은 사람일 수도 있어.

자, 미슐레 선생님을 예로 들어 보자. 너하고 이야기하는 것이 중요하다는 생각이 드니까 나를 찾아왔어. 시간 날 때마다 철학을 비웃으면서도 철학을 찾아왔다는 이야기야. 철학이 그렇게 헛소리는 아니라고 생각하니 다행이지! 너에게 그냥 벌을 주었으면 간단했을 텐데, 오히려 너의 호기심을 더 북돋아 주어야 한다고 생각했으니까. 미슐레 선생님의 머릿속에 조금이나마 철학이 남아 있지 않았으면, 너나 나나 지금 여기에 없었을 거다. 해마다 두세 명씩 너 같은 병에 걸리는 학생이 나온단다."

"그 정도면 많지는 않네요. 그보다는 텔레비전을 보는 아이들이 훨씬 많아요. 무엇보다 텔레비전은 아이들에게 말을 걸지만 철학은 그렇지 않으니까요. 여태껏 저는 철학 이야기를 들어본 적이 없어요. 텔레비전은 바보 같을지 몰라도 최소한 사람들이 열심히 듣잖아요."

"안타까운 일이야. 텔레비전은 사람들의 주의를 돌려서 딴생각하게 만드는 기계야. 진짜 진리를 보여줄 때조차 그래. 진리조차 구경거리로 만드니까. 사람들은 텔레비전에 무엇이든 상관없으니 다른 것을 생각하게 해 달라고 요구하지. 결국은 어떻게 하면 아무 생각도 하지 않을 수 있는지 가르쳐 달라는 거야."

"하지만 텔레비전을 보는 사람 중에 똑똑한 사람이 없는 것은 아니잖아요. 선생님도 텔레비전을 보지 않아요?"

"건성으로 보기는 하지."

"텔레비전은 무엇보다 사람들을 되도록 많은 습관 속에 가두는 일을 하는 것 같아요."

"그렇지."

"연속극, 광고, 심지어 저녁 뉴스까지 쉬지 않고 똑같은 이야기를 반복해요. 특히 죽음이요. 죽음과 스포츠는 이상한 조합이에요. 텔레비전에 죽음이 너무 많이 나오니까 나중에는 별것 아니라는 생각이 들어요. 영화에서는 만들어 낸 죽음을 보여 주고, 뉴스에서는 진짜 죽음을 보여 주지요. 하지만 늘 똑같은 화면으로 보니까 비슷해 보여요. 마치 마약 같아요. 사람들은 질리지도 않은 채 같은 걸 계속 보여달라고 해요. 더, 더, 좀 더 자세히 볼 수 있게, 느린 화면으로 피가 철철 흐르는 장면을……."

"안타까운 일이야."

"텔레비전을 바꿀 수는 없으니까, 거꾸로 이해하는 법을 익혀야 할지도 몰라요. 수업시간에 집중하지 않거나 장난을 치면 쫓겨나잖아요. 습관적으로 말이에요! 하지만 텔레비전이 보여주는 것을 잘 이해하지 못하면 우리가 아니라 텔레비전이 벌을 받아요. 텔레비전 대신 창밖을 본다면……. 철학에서는 텔레비전에 대해 뭐라고 하나요?"

"아무것도. 아무 말도 없을 거야. 철학은 텔레비전을 보지 말라는 말밖에 할 수 없으니까. 옆 사람 얼굴을 보는 편이 낫다고 하겠지. 기자들이 세계 구석구석까지 찾아가서 찍어대는 불행한 사람들의 얼굴이 아니라, 길거리를 지나가는 모르는 사람의 얼굴을 보라고 말이야."

"텔레비전은 모든 것을 환상으로 만들어버려요. 고약한 놀이예요. 한번 시작하면 빠져나올 수 없어요."

"모든 것을 뒤집어 볼 줄 알아야 한다. 사람들이 상상하는 삶이 진짜 삶의 모범이 되어야 해. 어떤 의미에서는 철학이 요구하는 것이 바로 그런 거야. 어떤 삶을 원하는지 찾아서 정말 그렇게 사는 법을 익히는 거지."

"그건 정치네요."

"맞아! 언제나 정치로 되돌아가지. 그러니까 사람들이 잠시만 생각

해도 정치를 두려워하게 되는 거야. 정치는 불공평하니까 삶을 변화시켜야 해. 삶을 살 만하게 만들려고 애쓸수록 변화시킬 필요는 없어지지만."

"혁명을 일으켜야 하나요?"

"달리 방법이 없다면……."

"불공평해요!"

"우리끼리는 어떨까. 너와 나는 지금 혁명을 일으키고 있는 걸까?"

"물론 길거리에서는 아니지만 제 머릿속에서는 혁명이 일어나고 있는 게 맞아요. 완전히 뒤죽박죽이거든요."

"후회하니?"

"그럴 리가요. 조금이나마 행복해졌는데 어떻게 후회할 수가 있어요? 저는 지금 행복해요."

"모든 사람이 너와 같은 병에 걸렸다면 어떻겠니? 오늘 아침 모든 사람이 잠이 깼을 때 평범한 진리를 믿지 못하게 되었다면? 이제 아무도 시시한 게임이나 멍청한 연속극을 보고 싶어 하지 않는다면? 모두가 말이야. 갑자기!"

"혁명이 일어났겠지요!"

"바로 그거야. 봐라, 늘 똑같은 결론이 나지."

"아무도 텔레비전을 보지 않으면 방송국 사람들이 어떤 얼굴을 할까

요? 참 재미있을 거예요. 불행히도 불가능한 상상이지만요."

"잘 아는구나."

"그럼 아무것도 할 수 없나요?"

"너와 네가 하고 있는 일을 할 수 있지. 계속 버티는 거야. 때로는 기적이 일어나니까. 드물지만 그런 일이 일어난단다. 프랑스 대혁명이 그랬어. 루이 16세는 역사상 가장 막강한 왕 중 하나였을 거다. 어쨌든 아주 권력이 강했지. 하지만 백성들의 비참한 생활을 이해할 줄 몰랐고, 점점 더 많은 돈을 썼고, 너무 많은 실수를 했기 때문에 결국 주위에 아무도 남지 않게 되었어. 친구도, 조언자도, 지지자도, 군대도, 경찰도, 아무도 남지 않았어. 지지를 받지 못하면 아무리 강한 왕이라도 가장 약한 백성만큼 힘이 없어지는 거야. 그래서 혁명이 일어날 수 있었지."

"모두가 텔레비전을 끄면 간단히 해결될 텐데요."

"가장 재미있는 것은 루이 16세에게서 모든 권력을 빼앗은 사람들조차 그런 일이 가능할 줄 몰랐다는 거야. 생각해 봐라. 아무도 왕을 지켜 주지 않다니! 상상도 못할 일이지! 그 사람들도 왕위를 차지할 준비는 하지 못했어. 그 정도로 몇몇 지지자나 소규모의 경찰 또는 군대라도 늘 왕을 지지해 줄 거라고 믿었던 거야. 그런데 그때는 아무도 없었어. 순식간에 온 나라에 한 명도 남지 않은거야."

"거짓말 아니에요?"

"절대로 아니야! 미슐레 선생님한테 물어봐라. 궁금증이 풀릴 때까지 자세히 이야기해 줄 테니. 나는 사건을 있는 그대로 이야기할 뿐이야. 충격을 받는다고 해도 할 수 없어. 나도 역사를 좀 써먹어야겠다. 프랑스 대혁명에서 가장 재미있는 장면도 바로 혁명의 주동자들에게 일어난 일이야. 손 안에 뚝 떨어진 권력을 어떻게 다루어야 할지 몰랐기 때문에 그 상황을 이해하는 데 도움이 될 만한 사상을 찾아다녔어. 그때부터 루소나 디드로, 몽테스키외를 읽기 시작한 거야. 그전에는 아무도 읽지 않았어. 배울 수 있는 특권이 있는 사람들도 요즘 사람들이 그렇듯 삼류소설을 더 좋아하거나 아예 책을 읽지 않았으니까. 사람들은 상황이 심각해지고 나서야 철학자를 찾아 나서지. 하지만 그때는 이미 늦어. 사태가 너무 빨리 변해서 걷잡을 수 없게 된 다음이니까. 그래서 철학자의 말은 들어 봐야 소용없다고 생각하는 거야. 철학자 아니라 그 누가 나서도 손을 쓸 수 없을 지경이 되었을 때 비로소 철학자를 찾아 나서니까. 그 전에 철학자의 말에 귀를 기울여야 해. 나중에 가서 볼테르 잘못이니 루소 잘못이니 떠들기란 쉬운 일이지."

"그렇다고 철학을 강요할 수는 없잖아요? 선생님이라도 모든 학생에게 자기 상황을 이해하라는 숙제를 내 줄 수는 없으니까요."

"사람들에게 미리 깨우치라고 강요할 수는 없지. 우선 원하지 않는 사람이 있으니까. 누구든지 철학보다 축구나 텔레비전을 더 좋아할 권리가 있어. 강요해 봐야 소용없을 거야. 생각해 봐라. 네가 수업에 흥미가 없는데 누가 억지로 귀 기울이게 할 수 있겠니?"

"아무도 못하겠죠."

"우리가 이렇게 이야기할 수 있는 것도 다 네가 관심이 있기 때문이야. 이런 이야기가 책에 나와 있다고 치자. 누가 너한테 그 책을 억지로 읽게 만들 수 있을까? 어떻게 끝까지 읽게 만들 수 있지? 더구나 주의 깊게 읽으며 즐기게끔 말이야. 누가 뭐라 해도 너는 얼마든지 그 책을 구석에 처박아 두고 잊어버릴 수 있어."

필리베르는 루지에 선생님을 떠올렸다. 루지에 선생님은 필리베르가 마음속의 생각을 정성껏 써 내도 아예 읽지 않거나 잘못 읽었다.

"알아요. 그러니까 저는 절대로 작가가 되지 않을 거예요. 작가들의 글은 아무도 읽지 않으니까요. 부득이한 경우에 작가들이 하는 이야기는 읽지요. 어쨌거나 작가들의 생각은 아무도 읽지 않아요."

"하지만 그런 글을 읽는 사람도 있어. 절대로 포기하면 안 된다. 만약에 오늘 아침부터 일어난 일들이 네가 직접 겪은 것이 아니라 책에서 읽었다면 어떻게 했을까? 표지에 '철학'이라는 말이 박혀 있는 것을 보고도 곧바로 덮어버리지 않았다면 말이다."

필리베르는 말없이 생각에 잠겼다.

"좋아, 다른 이야기를 해 주마. 사람들은 짧은 이야기 한 토막을 가지고 세상을 발전시키니까."

선생님은 생각을 정리하는 듯하다가 갑자기 웃음을 터뜨렸다.

"이 이야기도 수업 시간에 있었던 일이라 웃음이 나는구나. 학교에서는 정말 많은 사건이 일어나지! 그만큼 학교가 쉬지 않고 우리를 돌보고 있는 거야, 믿을 수 없을 정도로. 이것도 철학 시간에 있었던 일이야. 아직 공부가 중요하다고 믿을 때였지. 철학도 마찬가지고. 손에 잡히는 책은 닥치는 대로 읽었어. 〈존재와 시간〉은 하나도 이해할 수 없었으니 읽지 못했지만, 온갖 다른 책을 읽었지. 그리고 선생님이 하는 말도 정성껏 받아 적었어. 그 말에 반했으니까. 특히 선생님 말에 공감이 갈 때나 그것이 진리라고 생각될 때, 그 진리를 지키기 위해 싸울 수도 있겠다는 생각이 들 때마다 공책 여백에 조그맣게 별표를 했어. 내 생각에는 세상을 바꾸는 위대한 생각들이 따로 있고, 내 머릿속을 혼자 돌아다니는 하찮은 생각들이 따로 있었지. 내 하찮은 생각들을 선생님의 위대한 생각들로 바꾸려고 열심히 공부했어. 한마디로 나는 좋은 사람이 되고 싶었던 거야."

"위대한 사람이 되고 싶었던 거 아닐까요?"

"바로 그거야. 내가 멍청했다는 증거지. 나는 남들이 전쟁에서 영웅이 되듯 생각의 영웅이 되고 싶었어. 어쨌든 체육 시간에 몸을 단련하듯 생각도 단련해야 한다고 철석같이 믿었어. 그런데 그런 방법으로는 나쁜 습관밖에 들지 않지. 좋아, 다시 하던 이야기로 돌아가자. 어느 날 행복에 관한 숙제가 있었어. 정확한 주제는 기억나지 않지만, 행복이란 너무 순수하고 아름다워서 지상의 그 무엇과도 닮지 않았고 존재하지도 않음을 증명하려고 애쓴 기억이 난다. 나는 행복이라는 개념이 마음에 들지 않았어. 나는 **진정한** 행복을 원했고, 그때는 행복이 본질적으로 평범한 것이고 지금 우리 사이에 일어나는 일과 같다는 것을 미처 몰랐지. 사실은 선생님의 생각을, 내가 가장 멋지다고 생각하는 것부터 시작해서 모조리 숙제로 베껴 쓴 거야. 수업시간에는 감히 입도 떼지 못했지만 글을 통해 선생님이 가르치는 내용에 공감한다는 말을 하려 한 거지."

"앵무새처럼 흉내 낸 거네요."

"그래. 하지만 그건 중요하지 않아. 숙제를 하다가 어느 순간 막혀 버렸어. 더 이상 어떻게 생각을 발전시켜야 할지 몰랐지. 예술 작품, 특히 음악이 나름대로 우리를 행복하게 만들 수 있다는 것을 설명할 필요가 있었어. 일단 그 생각이 떠오르니까 떨쳐 버릴 수가 없었지. 그런데 선생님은 그런 이야기는 한마디도 하지 않았거든. 무엇보다 행복이 존재하지 않는다는 내 이야기가 헛소리라는 것을 깨달았어. 음악이 나를 행복하게 만들었으니까. 행복해지고 싶지 않았지만, 요구하지도 않았는데 음악이 나를 병에 걸린 것처럼 행복하게 만들었어. 그 상황에서 벗어나려고 머릿속에 떠오른 생각을 적었어. 음악이 주는 행복을 생각해 낸 거지. 하지만 되도록 드러나지 않게 애썼어. 숙제 나머지 부분에 내 생각을 숨겨 놓고, 선생님이 아무것도 알아차리지 못할 거라고 믿었지. 숙제 끝에 좀처럼 의견을 달아 주지 않았기 때문에, 나는 선생님이 대충 읽고 막연한 인상만으로 성적을 낸다고 생각했거든."

필리베르가 끼어들며 말했다.

"프랑스어 선생님이 바로 그래요."

"하지만 내가 몰랐던 게 있었어. 선생님은 내가 선생님이 한 말을 그대로 옮겨 적었기 때문에 아무 의견도 남기지 않은 거야. 선생님 자신이 무슨 말을 했는지는 관심이 없었으니까. 선생님은 무엇보다 우리가 스스로 생각해 보기를 바랐어. 위험을 무릅쓰고라도, 실패해도 할 수 없고! 그래서 선생님은 내가 만든 몇 개의 문장에서 찾던 것을 발견하고 빨간 펜으로 테두리를 쳤어. 빨간색 때문에 숙제 전체에서 그 부분밖에 보이지 않았지. 게다가 선생님은 숙제를 돌려줄 때 아이들 전체 앞에서 큰 소리로 그 얘기를 했단다. 나는 어쩔 줄을 몰랐어. 아이들이 내 숙제를 돌려 보고, 어디가 그렇게 훌륭한지 궁금해하며 저마다 내 생각을 해독하는 모습을 봐야 했지. 진짜 고문이었어! 지금도 나는 숙제를 돌려줄 때마다 선생님이 나를 부르는 목소리가 들린단다. 학생들 이름을 부를 때마다 '칼벨! 칼벨이 누구지? 정말 훌륭한 생각이다. 잘했다!' 라는 소리가 들려. 아, 그때는 그 말이 얼마나 힘들었는지. 하지만 지금 내가 네 눈앞에 앉아 있는 것도 내 인생을 바꾼 그 '잘했다' 덕분이

란다. 조금 전 교장실에서도 그 '잘했다' 소리가 아주 크게 들렸지. 잘했다! 잘했다! 나도 때로는 다른 사람에게 그 말을 해 줄 수 있어. 좋은 독자는 네가 쓴 글 속에 숨겨 둔 비밀 문장을 찾아낸다는 이야기야. 그러니 더욱 열심히 해야지. 감히 죽을 때까지라고 말하고 싶구나. 큰 희생을 감수할 가치가 있으니까 작가들이 존재하는 거야. 그렇지 않았으면 삶은 생지옥이었겠지."

"하지만 저는 루지에 선생님한테 늘 낙제 점수를 받는데요."

"그렇다 해도 달라지는 건 없어. 선생님은 무의식중에 너를 더 성실하게 만드는 거야. 선생님 아니라 그 누구라도 가장 뿌리 깊은 확신까지 흔들 만큼 네 글이 설득력 있다는 것을 깨달을 때까지 노력해야지."

"작가가 되기는 너무 힘들어요."

"알겠지만 누가 아이들을 위한 철학책을 쓴다면 학생들에게 책을 추천해야 하는 선생님들이 가장 먼저 불안해할 거다. 그런 책을 쓰는 사람은 글 속에 선생님을 겨냥한 문장 몇 개를 숨겨 놓아야 해. 선생님을 **사랑**으로 안심시키고 구슬려 한패로 끌어들여 철학이 그렇게 끔찍하지 않다고 말해 주어야지. 철학은 때때로 혁명을 일으켜야 한다고 말하지만, 무엇보다 다른 사람과 생각을 나눔으로써 행복해진다고 말한다는 사실을 알려야 돼. 우리의 '작가'는 선생님들이 다른 선생님에게 흥미를 느낄 때 얼마나 수업이 만족스러워지는지 일깨워야 돼. 때로는 본의 아니게 흥미가 생겨도 마찬가지야. 프랑스어 선생님들에게는 분명히 다른 프랑스어 선생님이 힘이 되었다는 것을 알려줘야 하지. 역사나 수학이나 모든 과목이 다 마찬가지야. 선생님들에게 무슨 권리로 학생들이 철학하는 것을 막는지 물어야 해. 생각하는 행복을 누리는 일은 결코 너무 이르거나 너무 늦을 수 없다고 설득해야 하고. 책 중앙에 에피쿠로스의 말을 집어넣고 아침마다 몇 번이고 읽어보게 하는 거야. 삶에 대해 말할 수 있게 되었을 때 학생들이 기뻐하는 표정을 잘 보라고 해야 돼. 책 한 권을 통해서."

"그럴 수는 없어요."

"루지에 선생님 같은 선생님만 있는 것은 아니야."

"사람들이 읽고 싶어 하지 않으면요? 텔레비전이나 자전거, 유도를 더 좋아할 수도 있고 아무것도 좋아하지 않을 수도 있잖아요."

"언제나 마찬가지야. 사람들한테 행복해지라고 강요할 수는 없어. 어른한테나 아이한테나 마찬가지지. 호기심을 끌기 위해 책에 그림을 넣어야 할지도 몰라. 나는 잘 모르지만."

"선생님이 모르면 누가 알아요?"

"너, 아니면 다른 누구겠지. 앙투안, 피에르, 폴, 아무라도 상관없어. 이런 책을 써야 한다는 것을 깨닫는 사람이면 돼. 너는 작가가 되기 싫다고 했지. 그러니까 너는 아니겠지만, 아직 누구인지 몰라도 너 때문

에 그 일에 매달리게 될 사람일 수도 있어. 책을 좋아하지 않는 사람은 일단 직접 말을 걸어오는 책을 만나지 못한 사람이야. 때로는 책이 다른 책에 대해 말하기도 하고, 사람들은 그런 다른 책을 읽다가 자기 길을 발견하기도 하지. 참 신기한 일이야."

"철학책을 꼭 읽어야 하나요?"

"꼭 읽어야 할 때가 있어. 난 읽어야 한다고 생각해. 어쨌거나 무리해서도 강요해서도 안 돼. 책이 말을 하려고 하지 않을 때가 있거든. 아무리 흔들어도 침묵을 지키지. 그럴 때는 다른 일을 하는 거야. 이를테면 공차기를 하거나 바다에서 수영을 하면 돼. 책은 생각하는 데 도움이 되지만, 아무 때나 생각할 수는 없어. 축구를 하거나 버스를 운전하거나 공장에서 일하거나 전쟁하는 동안은 생각할 시간이 나지 않아. 그러니까 목수는 열심히 탁자를 만들어야 하고 아이는 열심히 수영을 해야만 해. 그런데 시간이 날 때도 계속 딴짓을 하는 사람들도 있어. 일이 끝나면 카페에 가거나 뭔가를 하는 거야. 맥주를 마시거나 비스킷을 먹으면서 텔레비전을 보기도 하지. 그런 사람들은 텔레비전을 보는 것이 무언가를 하는 거라고 생각해. 반면에 자기가 한 일의 이유를 알려고 애쓰는 사람들도 있어. 왜 일을 하는지, 왜 수영이 좋은지, 왜 저런 식이 아니라 이런 식으로 버스를 운전하는지. 그런 사람들은 잠시 멈춰서 생각을 정리해야 돼. 그동안은 딴 세상에 가 있는 것 같지. 사실은 그 사람들이 가장 많은 일을 하는 거야. 자신의 일이나 삶에서 무엇이 옳고 그른지 알려고 애쓰니까. 한 치 앞보다 더 멀리 보고 싶은 거지. 길거리에서 혁명을 일으키지 않기 위해, 너무 늦기 전에 먼저 머릿속에서 혁명을 일으키는 거야. 철학자들이 하는 일은 그게 다야. 조금 전부터 너와 나는 이렇게 같은 장소에 앉아 있어. 우리를 지켜본 사람이 있다면 우리가 아무것도 하지 않았다고 확신할 수도 있지. 우리가 한 이야기를 책으로 쓴다면, 책 속에서 아무 사건도 일어나지 않는다고 욕을 먹을 수도 있어. 지루하다는 사람도 있을 거야. 어떤 사람은 책을 읽지 않아도 이런 얘기쯤은 다 안다고 하겠지. 책을 살까 하고 표지를 봤는데, 그런 마음이 싹 가신 거야. 그래서 대부분의 사람들이 철학책을 읽으려 하지 않아. 철학책에서는 아무 사건도 일어나지 않는다고 생각하지. 하지만 우리 생각 속에도 그렇듯 철학책에도 일화가 많이 들어 있어. 적절한 곳에 짧은 이야기들을 넣어서 의견을 발전시키지. 자, 철학자들이 꼭 뜬구름 잡는 소리만 하는 것은 아니라는 사실을 보여주는 이야기를 하나 해 주마."

선생님은 잠시 말을 멈추었다. 숨을 돌리는 동시에 살짝 긴장감을 자아내기 위해서였다.

"옛날 그리스에 탈레스라는 철학자가 있었어. 기하학에서 탈레스의 정리를 남긴 것으로 유명하지만 이 이야기에서는 중요하지 않아. 탈레스는 별의 움직임을 이해하기 위해 늘 하늘만 보았기 때문에 사람들의 놀림을 받았어. '진짜' 삶에는 신경을 쓰지 않는다고 욕을 먹었지. 일하는 삶, 별을 바라보는 것보다 심각한 고민이 있는 삶 말이야. 그러던 어느 해에 탈레스는 별을 보고 기후가 오랫동안 좋을 거라는 사실을 알았어. 하지만 그 당시에는 날씨가 지독하게 나빠서 농부들은 모두 낙심하고 있었어. 그런데 탈레스는 놀랍게도 한겨울에 그 지방의 기름 짜는 기계를 한 대도 빠짐없이 예약했어. 너도나도 탈레스를 비웃으며 하필 올리브를 거의 수확하지 못할 해에 기름 짜는 기계를 예약하다니 정말 철학자다운 일이라고 했지. 올리브가 없으면 기름 짜는 기계가 필요 없을 테니 말이야. 누가 뭐라 하든 탈레스는 꿈쩍도 하지 않았어. 물론 탈레스가 예상한 일이 일어났지. 날씨는 좋아졌고, 올리브 농사는 전에 없이 풍년이었어. 사람들은 올리브를 수확하고도 어떻게 해야 할지 몰랐어. 탈레스가 기름 짜는 기계를 모조리 예약하는 바람에 쓸 수 있는 기계가 하나도 없었으니까. 모두 탈레스에게 기계를 돌려달라고 사정했어. 사람들은 터무니없이 많은 돈을 내겠다고 했고, 탈레스는 기계를 빌려주어 큰돈을 벌었어. 그제야 부끄러워하는 농부들에게 탈레스는 별을 보는 것은 쓸데없는 일이 아니며, 한 치 앞보다 멀리 내다보는 것이 때로는 큰 도움이 된다고 하며 웃었어."

"철학이 좋은 교훈을 주었네요."

"그렇지. 그저 교훈을 주기 위한 일이었고 공연히 시샘을 받기 싫었기 때문에 탈레스는 올리브 기계로 번 돈을 모두 돌려주었어. 탈레스에게는 돈도 필요 없었던 거지."

"설마 그건 아니겠지요."

"그래, 그건 아닐지도 모르겠다. 혁명이 일어난 뒤에야 루소나 디드로를 찾는 바람에 혁명의 부작용을 고스란히 받아들여야 했던 것을 생각해 봐. 예를 들어 루소가 책을 쓴 지는 오래 되었지만, 그 책을 읽은 사람은 거의 없었어. 루소를 단순히 몽상가로 취급하지 않고 그의 책을 제대로 읽었다면 루이 16세와 대신들도 좋은 교훈을 얻었겠지. 탈레스의 올리브 이야기는 별로 심각하지 않지만, 혁명이나 전쟁은 훨씬 끔찍한 재난이 될 수 있어. 약탈과 살인을 하고, 돌이킬 수 없는 잔인한 범죄가 수없이 벌어지지. 결국, 사람들은 이유 없이 서로 증오하게 돼. 손해를 입었고 때가 너무 늦었다는 이유만으로. 탈레스는 올리브로 번 돈을 돌려줄 수 있었지만, 전쟁에서는 아무도 죽은 사람을 되살릴 수 없어. 하물며 몇만 명의 목숨을! 그런 비극을 텔레비전으로 보면서 무슨 일을 할 수 있을까 한탄하기 전에 미리 생각했더라면 어땠을까? 그러나 사람들은 바쁜 척 하고 '아무 일도 하지 않는 것'을 싫어해. 바로 그래서 철학자들이 욕을 먹지. 아! 그래, 이번에는 전쟁 때문에 바빠지지. 전쟁이 나면 사람들이 뛰어다니고 소란을 피워. 텔레비전으로 축구를 볼 때와는 달라!"

"그럴 때 무슨 일을 할 수 있어요?"

"아무것도 못 해."

"그럼 대단한 일도 못하는 거네요!"

"철학자가 자기주장을 펼 때는 그저 수다쟁이로 보일 뿐이야. 긴급 상황 앞에서 흔들리면 아무 생각이나 마구 쏟아 놓는 것으로 보이지 않겠어?"

"철학자가 침묵을 지키면요?"

"침묵을 지키면……."

칼벨 선생님은 무언가를 깨달은 표정이었다.

"우리는 사회가 관여할 때 일이 생겼다고 말하는 습관이 들었어. 노동이 필요한 것은 사람이 아니라 사회야. 사람들은 노동보다는 재미로 이런저런 일을 하기를 좋아하지. 그리고 철학자들이 아무 일도 하지 않는다고 말해. 철학자들이 하는 일은 꼭 해야 하는 일에서 벗어난 느낌이 들기 때문이야. 지금 너와 내가 일을 하는 게 아니라고 할 수도 있어. 어떤 의미에서는 맞는 얘기지. 그렇게 본다면 책을 읽는 것도 일이 아니야. '일한다'고 하려면 집을 나와서 버스나 전철을 타러 달려가고, 바쁘게 움직이고, 소포나 편지를 운반하고, 컴퓨터 자판을 두드리고, 가게에 들어가고 나오고, 공장에서 나사를 돌리고, 당연히 시계를 보며 길게 한숨을 쉬어야만 해. 그렇다면 가만히 앉아 있는 사람은 아무것도 하지 않는 것이 되지. 더 심한 것은 하기 싫은 일을 하는 사람은 뭔가를 **한다**고 하는데, 스스로 자신의 직업을 고른 사람은 아무 일도 하지 않는다고 하는 거야."

"세상이 거꾸로 되었네요."

"바로 그거야. 그러니까 아무 재미도 없는 삶을 사는 사람이 저녁때 텔레비전 앞에 누워서 자유의 몸이 되었다고 생각하는 것도 당연해. 사람들은 자기가 보는 것을 스스로 고르는 줄 알지만, 사실은 텔레비전이 고른 거야. 텔레비전에서 '여덟 시 뉴스입니다. 여러분, 중요한 일이 일어날 것입니다. 뉴스 시간이니까요.'라고 하지. 그런데 잘 생각해 보면, 왜 날마다 중요한 일이 **일어나야** 할까? 어이없는 일이야. 텔레비전에서 사람들이 살아가는 현실과 다른 것을 보여줄수록 사람들은 자신이 그것을 선택했다고 믿게 돼. 축구선수나 영화배우에게 왜 그렇게 많은 돈을 줄까? 다음 날 아침 일찍 일하러 가야 하니까 못하는 일을 그들이 대신해 주기 때문이야. 우리를 꿈꾸게 해 주기 때문에 많은 돈을 주는 거지. 그 사람들의 자리에 우리를 대입하고 우리가 그 자리에 있는 것을 상상해. 그 사람들은 우리의 거울이야. 정말 마음에 드는 삶을 창조할 수 없으니까 남들이 대신 정하게 내버려 두는 거야. 이미 정해진 일처럼. 그리고 그동안에도 시간은 흐르지. 그렇게 해서 우리는 마음대로 살아보지도 못하고 죽는 거야. 우리가 죽은 뒤에도 시간은 남아 있는 사람들을 아랑곳하지 않고 계속 흐르지."

"선생님 이야기는 슬퍼요."

"그래, 슬프지. 하지만 달리 무슨 말을 하겠니?"

"선생님이 그랬잖아요. 깨어나라고!"

"그래서 내가 자꾸 흐름을 거스르는 거야. 또, 너와 이야기하겠다고 한 거고. 이런 일을 할 수 있는 것이 행복해. 하지만 언제나, 번번이, 똑같은 문제와 마주치게 되지. 그것은 누구나 책을 끈기 있게 읽는 대신 덮어버릴 자유가 있다는 문제란다."

"우리가 하는 이야기가 정말 아이들이 이해하기 어려워요?"

"그렇기도 하고 아니기도 하지. 내가 하는 이야기들은 어렵지 않아. 생생한 이야기들이니까 지금껏 많은 사람이 예로 들었겠지. 모두 탈레스가 약삭빠르게 행동한 이유를 이해하지만, 다들 그렇게 하고 싶어 하지는 않아. 우리는 남이 우리를 위해 진리를 고르도록 내버려두기를 좋아해. 언제나 그게 더 쉽거든. 실수가 있으면 그 사람이 책임질 테니까. 사람들은 지도자를 처형하기도 하고, 새로 지도자를 뽑는 편이 나을 것 같으면 새로운 후보를 찾아 다시 시작하기도 해. 사실 스스로 책임진다는 건 가장 어려운 거야."

칼벨 선생님은 잠시 말이 없었다. 그러고는 혼잣말로 "그렇게 되어야지, 그래, 그래."라고 덧붙였다.

필리베르는 군대에 있는 장 밥티스트를 생각했다. 사실 아무도 군대에 가고 싶어 하지 않는다. 하지만 때가 되면 흐름에 휩쓸려 가는 수밖에 없다. 가지 않으면 헌병대가 찾아와서 강제로 끌고 간다. 어쨌거나 가게 되어 있으니 제 발로 가는 편이 훨씬 간단하다. 평상복을 빼앗기고 운동복으로 갈아입는 동안, 머리를 깎이는 동안, 철모를 쓰고 총을 들고 들판을 달리는 동안, 젊은이들은 명령에 복종하며 모두 같은 처지에서 고생한다. 결국, 혼자서 모두와 맞서지 않았다는 사실, 동료와 함께였다는 사실이 좋은 추억이 된다. 자유는 아무 문제가 되지 않는다. 네, 대장님. 네, 대장님. '네'라고만 하면 된다.

군대에 자원해도, 즉 일부러 복종을 택해도 마찬가지일까? 외인부대 용병들처럼 말이다. 또는 그저 아무 생각도 하고 싶지 않아서 군대에 가기도 한다. 외인부대에서는 이름조차 묻지 않는다고 한다. 단지 제 자리에 있으라고 할 뿐이다.

어떤 의미에서는 텔레비전과 같다. '친애하는 시청자 여러분'은 아무라도 상관없다. 광고 시간에 제자리에 있다가 거기서 하는 이야기를 무조건 믿기만 하면 된다. 때때로 전화할 권리는 있다. 사회자는 이름을 묻지만 장난일 뿐 이름이 마르탱이든 뒤부아든 신경 쓰지 않는다. 아랑곳하지 않는다. 사회자는 광고 시간에 사람들이 텔레비전 앞에 붙어 있기를 바랄 뿐이다. 사회자가 받는 돈은 광고에서 나오니까. 그렇다면 광고는 무슨 이야기를 할까? "모두들 똑같은 샴푸를 사세요." "똑같은 치약을 쓰세요." "똑같은 비스킷을 드세요."라고 말한다. 텔레비전도 군대와 같다. 그러나 우리의 신경을 거스르지 않고 즐거움을 통해 우리를 잡아두기 때문에 모두가 복무하고 싶어한다. 조금씩 다들 같은 것을 마시고, 다들 같은 식으로 옷을 입고, 다들 같은 식으로 사랑하게 된다. 본보기를 찾으려면 텔레비전만 보면 된다. 무엇보다 사람들이 함께 시간을 보내는 대신 저마다 자기 집에 붙어 있게 된다. 저마다 혼자 텔레비전 앞을 지킨다. 아이들이 텔레비전과 동시에 말을 하면 부모들은 살짝 짜증을 내며 조용히 하라고 한다. 텔레비전 내용에 별 관심도 없으면서 말이다. 텔레비전은 절대로 꺼져서는 안 되고, 방에서 나갈 때나 밥을 먹을 때나 잠잘 때 조차도 켜 놓아야 한다. 그래야 돌아왔을 때 계속 보기 쉬우니까. 그래서 텔레비전은 계속 우리를 비웃는다. 우리가 바보가 되기를 바라지 않는다. 단지 우리가 아무것도 아니기를 바란다.

    텔레비전은 우리에게 강요된 꿈을 보여준다. 그 속에서는 그들이 파는 자동차, 그들이 파는 캐러멜에 만족해야 한다. 모든 것이 그런 식이다. 샴푸 광고를 봐도 그렇다. 늘 좋은 것만 나온다. 클리오, 네트, 네오칼라, 윅스, '머리카락의 진리' 플락스. 이름을 말할 권리가 있는 것

은 광고 제품뿐이다. 광고 제품만이 이름이 있다. 그 옆에 초라하고 칙칙하고 처량한 '보통' 샴푸, '나쁜' 샴푸 등 다른 샴푸가 있다. 이 불행한 '보통' 샴푸는 이제 X 또는 Z라고 불리지만 언제나 형편없다는 평가를 듣는다. 마치 직장을 잃은 사람처럼 형편없고 쓸모없어졌다는 설명이 나온다. 한때는 잘 나갔지만, 이제는 더 좋은 것이 생겼다. 그래도 사람들이 샴푸 X를 쓰고 싶어 한다면? 예전에는 사람들이 그 샴푸를 좋아했다. 하지만 이름이 없어졌으니 어떻게 그 샴푸를 알아볼 수 있을까? 군인들 사이에서 장 밥티스트를 알아보기만큼 어려운 일이다. 조금만 떨어져서 보면 다 똑같아 보이고, 때때로 다가와서 철책 사이로 얼굴을 보이지 않는다면 결국 잊혀질 것이다. 용병들처럼. 용병은 전투에서 죽으면 그 사실을 알릴 대상이 없다. 사망했을 뿐이다. 전사자 기념비도, 무명용사 기념비도, 그 무엇도 그들이 사람이었음을 기억해 주지는 않는다. 진리는 모든 것을 사물로 변화시킨다.

17. 만남의 의미

저 사람의 삶은 아무것도 변하지 않을 거야. 우리가 덮어 버리고 슬픈 운명에 맡겨 버린 책과 같아지겠지. 봐, 지나갔어. 끝났네.

칼벨 선생님은 아무 말 없이 필리베르가 스스로 생각을 발전시키도록 내버려 두었다. 이런저런 생각이 떠오를 시간을 충분히 갖게 했다. 처음에는 어설프고 유치하고 순진한 생각의 단편들이 서로 충돌한다. 그러면 생각이 탄탄해지고 힘이 생긴다. 때로는 생각을 입 밖에 냈을 때, 그저 낱말을 나열하는 것일 뿐 이해가 되지 않을 수도 있지만, 점차 익숙해질 것이다.

"서두르면 안 된다. 마치 고물상 같다고 보면 돼. 여기저기에서 긁어모은거라 처음에는 뒤죽박죽인데다가 혼란스러워서 기가 죽지. 그래도 상관없어. 물건 하나하나를 알아볼 때마다 '나를 위해 있는 걸까?'라고 생각하게 될 거야. 짝짝이 구두, 그림이 들어간 나무블록 장난감, 너덜너덜한 곰 인형, 빈 병, 열쇠 꾸러미, 린드버그의 대서양 횡단 기사가 실린 묶은 신문, 의자, 버너, 자전거 바퀴, 철제 자, 자동차 깜빡이등, 전기 콘센트, 텐트 천, 구슬 자루, 라디오, 재킷이 없어진 비엔나 왈츠 음반, 음반이 없어진 영문 음반 재킷, 야광 성모상, 1947년 달력. 없는 것이 없지. 아무것도 없기도 하고……."

칼벨 선생님은 일요일 아침

고물상 바닥에 널려 있을 법한 물건들을 신나게 주워섬겼다. 선생님이 밑도 끝도 없는 목록을 만들자, 필리베르도 장난삼아 그 뒤를 이었다.

"이미 다 칠해버린 색칠공부 책, 우표가 가득 든 봉투, 말라붙은 구두약통, 손잡이만 하얀 파란 꽃병, 줄넘기, 사진……."

"그 물건들 중에 무엇이 팔릴지 어떻게 알 수 있지?"

"그게 놀이가 되겠지요."

"사람들도 마찬가지야."

말을 하면서 칼벨 선생님은 개를 끌고 바닷가를 걷고 있는 한 여자를 바라보았다.

"저 사람은 아무 표정이 없

구나. 마치 아이를 산책시키듯 개를 산책시킬 생각밖에 없는 것 같아. 개는 모래 장난을 하지 않지만 아이들보다 빨리 달리니까 더 편할 것도 힘들 것도 없지. 그런데 저 사람이 큰 기쁨이나 걱정을 나누려고 우리만을 기다렸는지 누가 알겠어. 지금 어디로 가야 할까를 고민할지도 몰라. 그래서 막연하게 바닷가로 온 거야. 여기든 어디든 저 사람한테는 중요하지 않아. 저 사람은 우리가 있을지 몰랐지만, 우리는 여기 있고 우리가 저 사람의 삶을 구할 수도 있어. 하지만 너나 나나 그 사실을 모르니까 저 사람이 개를 앞세우고 지나가게 내버려두겠지. 저 사람의 삶은 아무것도 변하지 않을 거야. 우리가 덮어 버리고 슬픈 운명에 맡겨 버린 책과 같아지겠지. 봐, 지나갔어. 끝났네. 이제 우리가 저 사람을 위해 무엇을 할 수 있을지 영원히 알 수 없게 된거야."

"왜 말을 걸지 않았어요?"

"모르겠다. 사는 게 그렇지. 귀찮아서, 게을러서, 지겨워서 말을 걸지

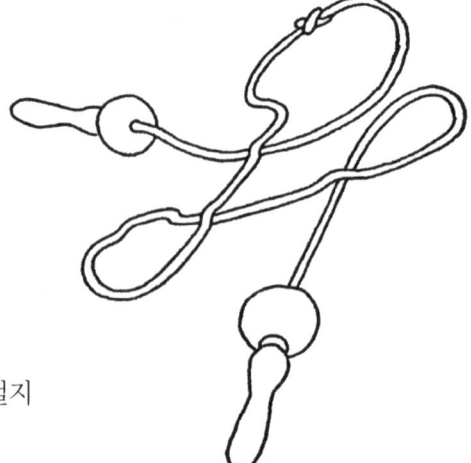

않는 거야. 나는 너와 이야기하는 것으로 만족하니까 저 사람이 필요 없을 뿐이야. 어떤 의미에서는 이럴 때 책이 쓸모가 있지. 바닷가에서 말을 걸지 않은 사람에게 책을 통해 말하는 거야. 서점은 생각의 고물상이라고 표현해야……."

필리베르는 선생님이 말을 끝맺기도 전에 벌떡 일어나 여자에게 달려갔다. 칼벨 선생님은 그 모습을 흥미롭게 바라보며 자신이 필리베르를 일부러 자극한 게 아닐까 생각했다.

필리베르는 숨이 턱에 차게 달린 후에야 드디어 산책하는 여자를 따라잡았다. 흥분해서 달려오느라 낯을 가릴 틈도 없었다.

"안녕하세요. 개 이름이 뭐예요?"

"스핍이야."

스핍은 목줄을 당겼다. 필리베르를 우습게 봤거나 이런 어린아이는 주인에게 못된 짓을 하지 못할 거라고 느낀 모양이었다. 어쨌든 개가 끄는 바람에 여자가 비틀거렸다.

"학교는 안 갔니?"

"네. 쉬었어요."

"방학이야?"

"비슷해요."

"방학인줄 몰랐구나. 바닷가에서 노는 아이들이 별로 없으니까. 그래서 몰랐지. 아이들이 많으면 방학했다는 뜻이거든."

"아이가 없으세요?"

"있지만 다 컸어. 파리에서 일해. 여름에만 바닷가에 오지. 하지만 그때는 내가 오지 않아. 사람들이 많으니까. 난 한적한 바닷가가 좋아."

"사람을 좋아하지 않으세요?"

"그런 건 아니야. 사람이 북적거리는 걸 좋아하지 않을 뿐이지. 스핍이 흥분해서 나를 들들 볶거든."

"일은 안 하세요?"

"정년 퇴직했어. 사실은 회사가 휴업하는 바람에 예정보다 빨리 퇴직했지. 원래는 내년이 정년이야."

"무슨 일을 하셨는데요?"

"여기서 멀지 않은 조선소, 그러니까 배 만드는 공장에서 일했어. 나는 선실 꾸미는 일을 했어. 침상, 벽장, 요리할 수 있는 작은 버너, 때로는 커튼도 달았어. 배의 크기에 따라 일이 달라지지. 고객에 따라 달라지기도 하고. 돈만 내면 바다로 떠날 수 있도록 모든 것을 대신 챙겨 주기를 바라는 고객도 있고, 반대로 시간을 들여 모든 것을 직접 꾸미는 고객도 있어. 항구를 떠난다는 생각에 익숙해지려는 거야. 대체로 부유하지 않은 사람들이 배를 직접 꾸미는데, 그 배를 마련하기 위해 여러 해 동안 노력했으니 그 소원이 이루어질 때는 몹시 떨리는 거야."

여자는 그 이야기를 하면서 먼 곳을 가리켰다. 바로 조선소가 있는 곳이었다.

"안타깝지만 지금은 불황이야. 불황이라고들 하지. 이제 사람들은 큰 배든 작은 배든 배를 살 돈이 없어졌어. 그래서 이렇게 된 거야."

"슬프세요?"

"조금은. 조선소에서 일할 때는 배를 출항시킬 준비를 하면서 그 배가 갈 나라들을 상상했어. 특히 큰 배는 멀리 가도록 만들어졌으니까 더했지. 하지만 배는 항구에 머물 때가 가장 많아. 지금도 산책하다 보면 가끔 눈에 익은 배가 보이거든. 나는 그 배가 바람에 야자나무가 흔들리는 열대지방, 비가 거의 오지 않는 곳까지 떠돌아다닐 줄 알았어. 그런데 아니었어. 그 배는 바보같이 그 자리에 남아 있어. 한편으로는 그 배를 다시 봐서 반갑지만, 또 한편으로는 계속 그 배가 가 볼 나라들을 상상할 수 있도록 배를 알아보지 못했으면 좋겠어. 침상이 어떤 색이었는지 어떤 돛이었는지 다 생각나. 돛을 보관함에 넣을 때 자리를 덜 차지하도록 접는 법도 기억나. 나는 배가 정말 좋아. 나무 냄새, 특히 니스 냄새, 그리고 돛 냄새도 좋아. 엔진 냄새도."

"저는 기차를 좋아해요."

"배나 기차나, 떠나고 싶은 마음이 있지."

"맞아요. 그런 생각은 처음 해 봤어요. 이제 기차를 보면 세상 끝까지

항해를 떠날 배들과 아줌마 생각이 날 거예요. 오늘 만났던 일도 떠오르겠지요."

여자는 아무 말도 하지 않았다. 스핍이 가만있지 않았다. 줄을 잡고 버티고 서 있기가 점점 어려워졌다.

"스핍, 착하지."

하지만 스핍이 힘이 더 셌다. 아니면 주인이 더 이야기할 마음이 없거나. 여자는 천천히 개에게 끌려갔다. 필리베르는 여자가 멀어져 가는 걸 지켜보았다.

"안녕히 가세요. 안녕, 스핍!"

여자는 대답하지 않았다. 아무 대답도 들리지 않았다. 이 만남이 지워지고 있다는 느낌이 들었다. 어떤 의미에서는 부서졌다. 언젠가 책을 쓰게 되면 이 만남 이야기를 넣어야겠다고 다짐했다. 그때 저 사람이 살아 있어서 우연히 그 책을 읽게 된다면, 무엇보다 스핍이라는 이름 때문에 자기 이야기라는 것을 알아차릴 것이고, 이름조차 묻지 않았던 그 소년은 자신이 웃어주기를 몹시 원했다는 사실을 알게 될 것이다. 이를테면 방학 때 손자가 갖다 준 책을 읽다가 문득 오월 어느 날 말을 걸어온 소년이 떠오를지도 모른다. 소년은 기차 얘기를 했고, 자신은 오후가 끝날 무렵 소년을 그 자리에, 해변에 세워 두고 떠나왔다. 소년은 그저 바다만 바라볼 수밖에 없었을 것이다.

18. 시간은 흐르고

진리를 철석같이 믿는 일만 그만두면 다시 시간이 흐르고 세상이 살아 있음을 깨닫게 된다. 세상을 이야기할 수 있다. 상상할 수 있다. 삶을 바꾸고 싶어진다.

오후가 끝나가고 있었다. 칼벨 선생님과 이야기하는 동안은 시간이 존재하지 않았다. 시간을 초월하는 말과 생각 속에서 모든 일이 일어났기 때문이다. 말과 생각은 사용하는 순간과 무관하게 의미가 이해된다. 말과 생각은 거의 영원하며, 그래서 진리가 그토록 말을 좋아하는 것이다. 말 덕분에 진리가 닳거나 지워지지 않는다. 예를 들어 진리가 '공부해야 한다.'라고 말하면, 그 말이 이해되는 한 그 문장은 오늘도 내일도, 너한테 나한테 누구한테나 가치가 있다. 수학이나 역사나 모든 것이 마찬가지다. 2 더하기 2는 4라는 것은 어느 시대에나 진리이다. '1066년 노르망디 공작 윌리엄은 영국에 상륙하여 헤이스팅스 전투에서 앵글로색슨 왕 해럴드를 무찌른 뒤 영국을 점령했다.'라는 문장은 1065년에는 진리가 아니었지만, 이 사건이 일어나고 역사학자들이 한 번이라도 책에 쓰고 나면 그다음부터는 영원히 진리이다. 아무도 그런 일이 없었다고 말할 수 없게 된다.

그렇지만 이와 같은 진리는 우리 삶에서 그다지 중요하지 않다. 별로 신경 쓰지 않고 살다가 선생님이 질문할 때만 신경 쓰면 된다. 그 사건이 1066년에 일어났다는 것을 달달 외워야 좋은 점수를 받으니까. 하지만 때로는 날짜 대신 판단이 튀어나온다. 이를테면 역사에서 산업화가 진보라고 하거나 은행에서 유통되는 돈이 '발전을 촉진한다'고 한다. 그 말을 믿으면 돈은 언제나 이로운 것이고, 어느 나라든 산업화되는 것이 언제나 옳다는 이야기도 믿어야 한다. 여기에 속임수가 있다. 지금은 경제 위기도 있고, 돈만으로는 행복해질 수 없다는 사실이 잘 알려져 있기 때문이다. 그러므로 산업화가 곧 진보라는 말은 진짜 진리가 아니다. 사람들은 산업이 없으면 살 수 없게 되었고, 산업 때문에 일자리를 잃은 노동자는 왜 자신이 필요 없어졌는지, 그때까지는 쓸모 있던 자신의 일이 왜 쓸모없어졌는지 이해하지 못한다.

진리가 시간을 배제하는 까닭은 사람들을 배제할 필요가 있기 때문이다. 진리는 진리만을 생각한다. 참이 될 생각만 한다. 진리가 확립하지 않은 것은 모조리 밀어내서 존재하지 않도록, 아예 존재한 적이 없게 할 생각만 한다. 진리의 세계에서 자리를 찾지 못한 사람은 어느 세계에도 자리가 없다. 진리는 '다 그런 거지.'라며 상관하지 않는다.

진리를 철석같이 믿는 일만 그만두면 다시 시간이 흐르고 세상이 살아 있음을 깨닫게 된다. 세상을 이야기할 수 있다. 상상할 수 있다. 삶을 바꾸고 싶어진다.

이제 필리베르는 확실히 날이 어두워졌음을 깨달았다. 하늘에 어느새 구름이 끼었다. 모래 장난을 하던 아이들도 하나둘씩 집으로 들어갔다. 저녁 먹을 시간이자 만화영화가 방영될 시간이기 때문이다. 요컨대 바닷가에서 모래성을 쌓는 것보다 가치 있는 일을 할 시간이었다. 곧 지붕들 너머로 해가 넘어갈 것이다. 이 모든 변화가 시간이 흘렀

*보편적 현대성

음을 나타냈다.

칼벨 선생님은 여전히 그 자리에 앉아 있었다. 느긋했다. 시간이 흘렀음을 모를 리는 없었다. 틀림없이 서둘러 돌아가야 할 것이다. 그러나 선생님은 말이 없었다. 떠날 생각조차 하지 않았다.

필리베르 부모님은 오늘 필리베르보다 먼저 집에 도착할 것이다. 부모님이 뭐라고 할까? 당연히 걱정할 것이다. 저녁에 집에 돌아가면 아들이 기다리고 있어야 한다는 습관을 깨기 싫을 뿐이라고 해도. 부모님은 집이 비어 있는 것을 질색한다. 학교에 전화하거나 학년 초에 나누어 준 비상 연락망에서 반 친구의 이름을 찾아 전화할 것이다. 앙투안이든 누구든 필리베르가 역사 선생님한테 장난을 치고 오후 수업에 들어오지 않았다는 사실을 말해 줄 것이다. 부모님은 아마도 최악의 상황을 상상할 것이다. 징계위원회라든지, 경찰서에서 연락이 온다든지! 엄마는 아침에 필리베르가 묘하게 웃던 일을 기억할까?

'부모님이 알아차릴까?'

이 모든 것이 끝나가고 있었다. 산책하는 여자와의 대화, 오후, 칼벨 선생님과의 토론, 그날 하루까지, 모든 것이 지금은 죽음의 맛이 났다. 고약한 맛, 아무튼 이런 하루를 보낸 소년에게는 고약한 맛이었다. 칼벨 선생님에게 무슨 말이라도 해야 할 것 같았다.

"이제 돌아가야 하지 않을까요?"

칼벨 선생님이 대답했다.

"돌아가야지."

"아쉬워요. 계속 선생님과 토론하면 좋을 텐데. 이 토론이 영원했으면 좋겠어요."

"진리처럼 말이냐?"

"아니요, 선생님이 맞아요. 우리가 한 이야기는 모두 필요 이상으로 참이 되어서는 안 돼요. 그렇게 계속되어야지요."

"그래서 변화해야 하고……."

"어떻게 변화해야 할까요?"

"네가 바라는 대로. 시간을 염두에 두어야지."

"선생님도요. 우리 앞으로도 자주 만나서 이야기할 거죠?"

"그래야지. 하지만……."

"하지만?"

"하지만 무엇보다 너 스스로 버티려고 애써야 해. 내가 없어질 때를 대비해서."

"어디 가시는 건 아니죠?"

"언젠가는 네 곁을 떠날 수밖에 없어."

"시간 때문에요?"

"그래, 시간 때문이지."

"선생님!"

필리베르는 칼벨 선생님이 세상을 떠날 수도 있다는 사실을 깨달았다. 선생님이 세상을 떠나면 죽음이 무엇을 뜻하는지 알게 될 것이다. 지금은 이렇게 눈앞에서 빙그레 웃고 있지만.

"걱정하지 마라. 아직 안 죽는다."

칼벨 선생님이 먼저 죽음이라는 말을 꺼냈다.

선생님도 그 순간 죽음을 생각하고 있었던 것이다! 필리베르는 아무 대꾸도 하지 않았다. 그 사실을 믿을 수 없었다.

"진짜 죽음은 흐르는 시간을 소홀히 할 때 찾아오는 거야. 남들이 우리 시간을 대신 관리하게 내버려 둘 때 말이다. 진짜 불행한 사람은 자기 시간이 없는 사람, 아무것도 하지 않을 여유가 없는 사람, 생각할 시간을 절대로 내지 못하는 사람이야. 생각해 봐. 오늘 같은 날은 추억으로 삼을 만한 상황들로 가득 차 있어. 네가 꿈을 꾸었다 해도, 착각했다 해도, 내가 둘도 없는 멍청이라 너한테 몇 시간 동안 헛소리만 늘어놓았다 해도, 네 평생을 사로잡을 만한 소재가 생겼어. 아까 말한 내 철학 숙제를 생각해 봐. 그 속에는 단 하나의 독창적인 문장이 숨어 있었지. 그래, 단 하나의 문장으로도 내 평생의 의미를 구축하기에 충분했어. 지금도 나는 계속 그 빌어먹을 문장을 되살리고 있어. 오늘 하루가 너에게 그만큼 중요한 날이 되도록 노력해라. 오늘 같은 하루만으로도 평생을 살아갈 수 있지. 그러기를 오랫동안 바라기만 하면 돼. 오래는 순수한 시간의 상태지."

"네, 그럴게요. 하지만 추억이 평생을 지배해서는 안 돼요. 노인들은 늘 똑같은 젊은 시절만 되새기잖아요. 그건 망령이 드는 거지요."

"내가 하려는 말은 그게 아니야. 좋은 기억 하나는 삶에 정말 도움이 돼. 너에게 일어나는 일이 순간순간 우화 같은 것이 되어야 해. 예를 들어, 너는 바닷가에서 개를 산책시키는 여자에게 말을 걸었지. 보통 그렇게 평범한 사건에서는 아무것도 얻을 것이 없어. 그런데 너는 그 일에서 교훈을 얻을 수 있고, 그 사람이 무슨 생각을 했는지 짐작할 수 있어. 그 사람이 슬펐는지, 말을 걸어와서 당황했는지, 이 만남을 기억할지, 아니면 무슨 생각을 했는지. 너에게 일어나는 모든 일에서 의미를 찾아봐. 필리베르, 의미를 찾는 거야! 하나의 의미로만 그칠 필요도 없어. 진리라면 그럴 수 없는데 말이야. 샤를마뉴 대제는 샤를마뉴 대제이고, 서기 800년에 황제가 되었다는 사실은 바꿀 수 없어. 하지만 아까 그 사람은 다르지. 네 마음대로 그 사람의 삶을 상상할 수 있어. 언젠가 다시 만나게 되면 그 사람은 네 덕분에 온갖 놀라운 모험을 한 다음이고, 너는 지어낸 이야기들을 그 사람에게 들려줄 수 있어. 그 사람이 너에게 반응하는 동안 그 사람과 너는 공동의 삶을 만드는 거야. 사람들은 그런 식으로 자기 운명을 바꾸지. 지금 무엇인가보다는 무엇이 될 수 있을까를 먼저 생각하면서."

선생님은 계속 말을 이었다.

"혁명이 애초에 무엇을 원했는지 잊어버리면 폭력이 되지. 상상을 통해 준비해 둔 것이 없으니 현실에게 덜미를 잡히는 거야. 그래서 아무 짓이나 닥치는 대로 하게 돼. 앞날을 꿈꾸는 법을 익히지 못했으니 다 죽이고 때려 부수지. 루소는 앞날에 대해 많은 생각을 했어. 볼테르도 그랬고, 다른 괴짜 철학자들도 그랬지. 하지만 사람들은 철학자들의 말을 중요하게 여기지 않았어. 철학자들을 찾아갔을 때는 이미 늦었지. 폭력과 전쟁이 모든 희망을 짓밟아 버린 뒤였으니까. 오늘날도 거의 변하지 않았어. 젊은이들이 자기 인생을 꿈꾸는 법을 배우지 못했기 때문에 유리창을 부수고 차를 훔치고 불태우는 거야. 출구가 보이지 않는 거지. 사방이 벽으로 막혀 있어. 낙서로 얼룩덜룩해도 벽은 벽이지. 어른들은 아이들이 학교에 가기를 바라는데 학교에서는 창조하지 말라고 가르쳐. 이런 상황에서 어떻게 실망하지 않을 수 있겠니?"

"사람들이 아무 일이나 마음대로 하게 내버려 두어야 해요?"

"꼭 그런 것은 아니야. 사람들이 세상을 아무렇게나 만드는 것은 아니니까. 꿈을 꾸는 데도 규칙이 있어. 처음에는 무엇이 규칙인지 몰라서 규칙이 없는 줄 알아. 사람들은 사회만이 규칙을 부과한다는 사실을 알게 되면서 그 규칙들을 모두 버리고 싶어하게 되지. 혁명을 일으

키는 거야. 무작정 혁명을 일으키니까 번번이 경찰이 이기는 거고. 왜냐하면 경찰은 더 조직적이니까. 매사에 더욱 신중해져야 해. 자신감을 가져야 하고. 어떤 상황에서든 폭력은 자신감이 없다는 증거야. 스스로 창조할 수 없다고 생각하는 거니까. 자신이 존재한다는 것을 실감하기 위해 스스로 파괴하기까지 하잖아."

"예를 들면 마약이요?"

"그래, 마약. 주사기로 정맥에 흘려 넣는 마약도 있지만, 더 음흉하고 달콤한, 이를테면 텔레비전처럼 즐겁고 기분 좋은 마약도 있지."

"텔레비전을 정말 싫어하시네요!"

"텔레비전은 진리인 척 변장한 채 우리의 시간을 훔쳐 가니까. 꿀처럼 끈적끈적 들러붙는 진리 말이다. 사람들은 결국 켜 놓은 텔레비전 앞에서 죽을 거야. 사람이 죽어도 텔레비전은 혼자 계속 나오겠지. 아무 추억도 만들 시간이 없어. 화면이 너무 빨리 지나가니까. 어떤 의미에서는 오늘 하루가 끝나는 것도 나쁘지 않아. 네가 시간을 알게 될 테니까. 곧 잠자리에 들겠지. 아마 좀 우울하겠지만 그건 별일 아니야. 내일 아침에 계속할 수 있으니까. 계속할 것이 없는 불행한 사람이 아주 많거든! 시간이 없다는 거야. 시작할 시간조차도."

"그만 돌아가요."

"네가 가고 싶다니까……."

"선생님도 저처럼 가기 싫지요?"

"사실은 그래."

"습관을 무시할 자유가 있다면 새로 습관을 들일 자유도 있어요. 조금만 용기를 내면 돼요. 주어진 것을 원할 수도 있어요. 그래도 자유로운 거지요. 결국, 우리 삶도 주어진 거예요. 태어나고 싶어서 태어난 사람은 없으니까요. 자유로운 사람이란 주어진 것을 선택한 것으로 바꾼 사람이에요. 철학이 그런 것 아니에요?"

필리베르는 이런 이야기를 이미 철책 너머 장 밥티스트에게 했다는 사실이 떠올랐다.

칼벨 선생님은 껄껄 웃었다.

"그렇고말고. 다 이해했구나. 그래도 결코 즐겁지는 않아. 자, 이제 돌아가자."

"이런 하루를 보낸 뒤에 삶이 어떻게 변하는지 봐야겠어요."

"삶은 처음부터 끝까지 변했지만 역사가 되지는 않았지. 역사학자는 바닷가에서 보낸 오후에는 아무 관심이 없어. 전차, 지프, 폭탄, 부상자, 전사자가 나오는 상륙 작전쯤 되어야 좋아할 거다. 특히 숫자를 셀 수 있는 것이 나와야 더 진짜 같아 보이니까 용감한 전사자 몇 명은 나와야지. 역사학자의 기록은 영원해지지만 너의 기억은 너에게서 멈출 수밖에 없어. 너의 하루 동안 일어난 모든 사건을 한 권의 책 속에 보존

한다 해도, 네가 말을 거는 대상은 독자 하나하나가 될 거야. 네가 느낀 놀라움으로 최대한 독자를 감동시키려는 것이지, 무슨 거창하고 대단한 사건으로 감탄을 사려는 게 아니니까. 네가 겪은 사건이라야 어떤 여자와 개를 만난 일뿐이잖아!"

19. 다시 평소처럼

필리베르는 '평소처럼' 잤다. '평소처럼'은 그날 밤과 그 이전의 밤과 다른 모든 밤에 알맞은 말이었다.

돌아오는 길에는 서로 아무 말도 하지 않았다. 필리베르는 별 볼 일 없는 바깥 경치를 내다보았다. 달리는 차 앞으로 도로가 계속되었다. 하얀 차선들이 실선이 되었다가 점선이 되었다 하면서 이어졌다. 다른 차들이 빨간 불을 켜서 '서겠습니다.'라고 하거나 노란 불을 깜빡이며 '조심하세요. 오른쪽으로 돕니다.' 또는 '왼쪽으로 돕니다.'라고 말했다. 자동차도 사람들에게 신호를 보냈다. 번쩍거리는 빨간색 큰 차는 '나는 힘이 세요.'라고 말했다. 여기저기서 화살표, 표지판, 슈퍼마켓, 집 들이 지나가는 사람에게 말을 걸었다. '나를 봐요. 나 좀 보라고요.' 심지어 '나를 사랑해 줘요. 혼자 두지 마요.'라는 말까지 했다.

보기만 해도 그 모든 신호의 뜻을 알 수 있다. 사람들은 끊임없이 신호와 마주치는데, 어떤 신호는 조심스럽게 어떤 신호는 난폭하게 되도록 오랫동안 관심을 잡아두려고 애쓴다. 무엇이든 신호가 될 수 있다. 눈길을 끌기 위해 별의별 것들이 다 고안된다. 포스터, 트럭 창 앞에 매달린 장식품, 깃발, 유행하는 옷, 보석, 노래 등 여러 가지다. 보는 사람들에게 그 모든 신호를 해석하려는 열의가 없을 뿐이다. 헛소리할 때조차 늘 관심을 끌려고 애쓰는 텔레비전도 마찬가지다. 텔레비전마저도 누군가에게 말을 걸고 싶어 한다. 아닌 척하면서 말을 건다.

필리베르가 이와 같은 생각을 하는 사이, 칼벨 선생님의 차는 필리베르네 집에 다 와 가고 있었다.

그새 밤이 되었다.

"부모님이 걱정하지 않았으면 좋겠어요."

"교장 선생님이 미리 연락해 두었을 거다. 내가 늦는 것에 아주 익숙해져 있거든. 아니면 내가 부모님께 잘 설명할 테니 걱정하지 마라."

"선생님은 아무 말도 하지 마세요. 그냥 비밀로 해 주세요. 부모님은 제가 알아서 할게요."

차는 스스로 길을 찾아가듯 이쪽저쪽으로 돌다가 마침내 멈춰 섰다. 엔진이 계속 느긋하게 부릉거렸다.

"다 왔다. 가방 잘 챙기고. 내일은 수업 들어야지."

"선생님도 나오시죠?"

"그래, 그래. 너무 선생 티 내지 않도록 애써 보마."

자동차는 곧바로 떠났다. 필리베르는 아침에 본 장 밥티스트처럼 어쩔 줄 모르고 잠시 길바닥에 서 있었다. 하지만 삶이 바뀌어서가 아니었다. 다시 평범한 생활로 돌아가기 때문이었다. 알지 못하는 일들이 아니라 이미 알고 있는 일들이 두려웠다.

코베 아저씨 집이 보였다. 앙브로지노 아저씨 집도, 집에 딸린 정원도 보였다. 차고는 이미 닫혀 있었다. 마르탱 아주머니는 아직 가게 문을 닫지 않았다. 그러니까 질랭 아저씨가 아직 퇴근하지 않아서 저녁 식사 때 먹을 통조림을 사 가지 않은 것이다. 마르탱 아줌마는 질랭 아저씨가 들른 다음에야 셔터를 내릴 것이다. 세상이 뒤집히지 않는 한, 더 이상 손님이 없으리라는 사실을 잘 알기 때문이다. 마르탱 아줌마가 자기 입으로 '세상이 뒤집히지 않는 한'이라고 말했다. 습관에 변화가 생기는 일을 그렇게 표현한 거다.

가로등 옆에 세워 두었던 오토바이는 없었다. 장 밥티스트는 지금쯤 군대에서의 첫날을 마무리하고 있을 것이다.

필리베르는 한숨을 쉰 다음 초인종을 눌렀다. 문이 열리자 안으로 들어갔다.

"학교에서 늦었어요. 역사 시간에 일이 좀 있었거든요."

"교장 선생님이 걱정하지 말라고 전화했다. 그것 말고는 아무 일 없었니?"

"별일 없었어요. 그냥 평소와 같아요."

필리베르는 거짓말에 슬며시 웃음이 나왔다.

"저녁 먹기 전에 공부 좀 해도 되죠?"

대답을 듣지도 않고 방으로 올라갔다. 평소처럼 생활하는 놀이를 하고 있었다.

책상 앞에 앉기도 전에 공책을 꺼냈다. 오늘 겪었던 감상을 꼭 적어 두어야겠다는 생각이 들었다. 단지 기억하기 위해서가 아니라 생각을 실체로 만들기 위해서였다. 말을 활용해서, 가끔 다시 읽어 볼 수 있도록. 책장을 어루만져 볼 수 있도록. 머릿속에서만 존재하고 언제라도 구름처럼 흩어져 버릴 수 있는 기억보다는 튼튼한 것에 생각을 묶어 두기 위해. 그리고 이해하기 위해.

하지만 아무것도 쓰지 못하고 공책을 밀쳐 버렸다. 시작하는 순간을 미루고 있었다. 평소보다 건성으로 숙제를 해 치웠다. 수학 연습문제 풀기, 지도 그리기, 영어 단어 숙제. 화요일은 프랑스어 수업이 없었다.

"나머지 과목은 체육뿐이지."

그 뒤에는 평소처럼 저녁이 흘러갔다. 수프, 채소, 치즈, 과일. 부모님은 텔레비전을 봤다. 필리베르는 **평소처럼** 잤다. **평소처럼**은 그날 밤과 그 이전의 밤과 다른 모든 밤에 알맞은 말이었다.

20. '철학'이라는 개념

'철학'이라는 말은 비밀의 반대말일 것이다. 철학은 혼자 간직하는 것이 아니라 만나는 모든 이를 위해 무언가를 하는 것이기 때문이다. 전령과 같다.

화요일 아침, 눈을 뜨자마자 과연 전날처럼 모든 것이 이상해 보이는지 당장 확인하고 싶었다. 월요일에 겪은 일들이 뒤섞이지도 지워지지도 않은 채 거의 다 떠올랐다. 칼벨 선생님, 미슐레 선생님, 바닷가에서 만난 여자, 장 밥티스트, 앙투안. 중요한 기억은 앞에, 사소한 것은 뒤로, 하는 식으로 정리하려고 애쓰지는 않았다. 그보다는 그 기억들을 통해 좋은 감정이 되살아나기를 기다렸다. 상처와도 같았다. 아픔이 가셨을 때 상처에 손가락을 대 보면 아픔이 되살아난다. 넘어져서 생긴 상처라면 다리나 무릎이 어떻게 되었는지 다시 느껴진다. 사람들은 흥분감이 다시 떠오르면 만족한다. 지금도 그렇다. 필리베르는 전날의 감정들을 되살리려고 애썼다. 다시 무언가를 할 마음이 들도록. 계속할 마음이 들도록.

틀림없이 장 밥티스트도 부대에서 잠이 깼을 때 남몰래 머리를 쓸어보며 군 복무가 현실임을 확인할 것이다. 안타깝다! 장 밥티스트는 각자 자기 잠자리에 누워 있는 내무반 동료를 둘러볼 것이다. 누구는 잠들어 있고, 누구는 라디오를 귀에 바짝 대고 진짜 세상의 단편들을 열심히 머릿속에 집어넣고 있을 것이다. 예를 들면 몽펠리에 대 보르도 축구 경기 결과, 최신 가요, 광고, 발음도 어려운 먼 나라에서 일어나는 전쟁이나 교통사고 사망자 수. "기상, 서둘러 세수해라, 빨리빨리 옷을 입어라, 달려가서 아침을 대충 삼켜라, 아침 첫 훈련이다, 줄을 서라,

하나 둘, 하나 둘, 하나 둘 셋." 하는 소리만 아니면 무엇이든 상관없다. 듣기 싫은 이 세계의 이야기만 아니면 무엇이라도 상관없다. 그만큼 아직 익숙해지지 않은 것이다.

필리베르는 이런 생각을 하며 계속할 용기를 냈다.

"깨어나라!"

그 말에 철학적인 의미를 부여하려고 애썼다. **철학**적인 의미…….

그 '철학'이라는 개념이 마음에 들었다. 그 말에 대해 아는 것이 없으니 시험은 잘 보지 못하겠지만, 그래도 상관없었다. 철학을 가지고 해야 할 일이 있다고 느끼는 것만으로 충분했다. 칼벨 선생님은 '철학'을 통해 매일 아침 자신의 존재를 새롭게 해야 한다고 말했다.

'철학'이라는 말은 비밀의 반대말일 것이다. 철학은 혼자 간직하는 것이 아니라 만나는 모든 이들을 위해 무언가를 하는 것이기 때문이다. 전령과 같다. '깨어나라.'라는 말은 아침마다 새로운 의미를 띠게 될 것이다. 이를테면 엄마가 지각하지 말라고 깨우는, 늘 똑같은 소리와는 달라야 한다.

필리베르는 일부러 전날 아침에 한 행동을 반복했다. 의미를 변화시키는 미세한 차이를 즐기기 위해서였다. 전날처럼 샤워를 했다. 하지만 자신이 샤워하고 있다는 사실을, 피부에 물방울을 맞으며 **이** 비누로 다리, 가슴, 팔, 목, 손, **뺨**을 씻고 있다는 사실을 **알고** 있었다. 거울을 보니 이 똑같은 필리베르가 새로운 필리베르라는 것을 알 수 있었다. 똑같으면서 달랐다. 오늘, 내일, 모레, 글피, 아마도 날마다 자신에게 일어나는 일을 의식할 새로운 필리베르였다. 살아 있는 마지막 날까지 그런 식으로 계속할 것인가는 자신에게 달려 있을 뿐이다.

"살아 있는 마지막 날까지!"

참으로 굉장한 생각이었다! 이 나이에 마지막 날을 생각하다니! 더구나 필리베르에게는 오늘이 겨우 삶의 두 번째 날인데.

가장 평범한 행동이 무엇보다 중요해질 수도 있다. 중요성만 부여하면 된다. 충실하게 살고자 노력해야 한다. 이를테면 크리스마스나 부활절처럼. 종교가 없고 성당에 가지 않아도 성가, 선물, 촛불, 식사가 떠오르고, 그 모든 것이 행복했던 날들에 대한 그리움을 불러일으킨다. 사람들은 좋은 시절이 지나간 것을 아쉬워한다. 그런 날은 절대로 여느 날과 같은 날이 되지 않도록 노력한다. 사실 크리스마스에 국수와 감자만 먹어도 된다. 다만 나중에 그날을 추억하고 싶은 마음이 강하기 때문에 그러지 않는 것뿐이다. 아이가 생기고 아이에게 장난감 이상의 추억을 선물하려고 애쓸 때, 어떤 추억을 떠올리고 가슴이 뭉클해지도록.

필리베르는 정다운 추억이 가득 담긴 장난감들, 특히 장난감 자동차와 책들을 바라보았다. 그것들이 굉장히 사랑스러워지기 시작했다. 아버지가 오래된 물건이나 묵은 신문에서 어린 시절의 단편을 발견할 때마다 흥분하던 일이 생각났다. 필리베르는 그 느낌이 어떤지 되살려보려고 했다. 매끄럽고 단단하고 차가운 조그만 금속 자동차를 손에 쥐었을 때 어떤 느낌이 드는지, 책장을 넘길 때 종이의 감촉, 먼지 냄새, 오래된 접착제 냄새가 어떤지. 나중을 위해 그런 냄새들을 기억해 두고 싶었다. 바닷가, 소금, 모래, 태양, 바람의 냄새들을 기억해 두면 나중에 그와 같은 냄새를 맡았을 때 칼벨 선생님과 함께 보낸 그날, 처음 병에 걸린 그 중요한 날이 떠오를 것이다.

샤워를 마친 뒤 옷을 입으며 생각에 잠겨 방을 둘러보았다. 옷에 비누 냄새가 배도록 애썼다. 나중을 위해.

필리베르는 커피 향을 좋아했고, 빵과 잼과 버터를 꺼내는 엄마의 무심한 몸짓을 좋아했다. 엄마가 재촉하는 것도 좋아했다. 그래서 일부러 평소보다 좀 늦장까지 부렸다. 평소보다 늦어지면 더욱 기억에 남을 것이다. 그리고 앙브로지노 아저씨 집, 코베 아저씨 집, 가로등, 마르탱 아줌마네 가게, 알리베르 할머니, 당근 세 개, 감자 세 개, 그리고 이어지는 습관들. 습관들이 즐거워졌다.

'친절한 지불에 감사합니다.'

필리베르는 그 장면들을 기억에 새겼다. 나중에 책 같은 것을 통해 사람들에게 선물하기 위해서였다. 날마다 공책에 꼼꼼하게 적을 것이다. 자신이 죽은 뒤나 그전에라도 누군가의 호기심이 강해지면 그 공책을 다시 펼칠 것이다. 글을 쓴 탓에 뻣뻣해지고 닳았을 그런 공책 속에 무엇을 써 놓았는지 찾아볼 것이다. 필리베르는 되도록 오랫동안 공책을 다시 읽지 않고 잊으려고 애쓸 것이다. 그다음에 아무 데나 펼쳐 보면 신비롭게도 자신이 자세히 적어 놓은 글의 정확한 의미를 다시 발견할 것이다. 바닷가에서 만난 여자, 스핍, 비누, 해, 아주 세세한 부분까지. 어린아이의 글씨체가 추억을 일깨우며 웃음 짓게 할 것이다. 가방이 자동차 문에 끼어 생긴 자국까지도 되살아날 것이다. 그리고 미슐레 선생님에게 자기 이름이 르네 데카르트라고 말한 날이 떠오를 것이다. 필리베르에게 중요한 비밀을 털어놓고 있다는 사실도 알아차리지 못하고 부모님이 이혼한다고 말하던 앙투안도 생각날 것이다.

필리베르는 사람들의 삶이 죽지 않기를 바랐다. 사람은 죽을 수밖에 없지만, 한 사람의 삶은 누군가가 신경 써서 기억하는 한 죽지 않는다. 학교 앞 서점, 초록색 철학책, 시험 답안, 그 모든 것이 언젠가는 되살아날 것이다.

 군대에 가면서 불안해하던 장 밥티스트도 있었다. 아마도 필리베르를 다시 만나고 싶었을 것이다. 화요일 아침에도, 수요일에도, 6월, 7월, 8월, 9월에도 말이다. 자신에게 무슨 일이 일어나는지 알고 싶었을 것이다. 삶이 뜻대로 되지 않아서 화가 나 있었다. 장 밥티스트는 자기 삶을 살고 있는데 삶에서 아무것도 바꿀 수 없었다. 남의 삶에 너무 신경 쓰지 말아야 한다. 무슨 일이 있어도 사람들을 자유롭게 내버려두어야 한다. 그것이 칼벨 선생님의 주된 가르침이었다. 우리는 늘 남들이 우리 바람대로가 아니라 자기들 뜻대로 말하는 것을 어느 정도 받아들인다.

"나한테는 잘된 일이지."

그런 생각을 하며 학교에 갔다. 모든 것을 독수리처럼 주의 깊게 살펴보았다. 생각한 것과 보이는 것 사이에 아무 차이도 없었다. 그것이 철학이었다. 그런 식으로 꿈과 현실을 혼동하여 과학적 진리보다 세상의 의미에 관심을 두게 한다. 칼벨 선생님, 미슐레 선생님, 장 밥티스트, 앙투안이 실제로 존재한 적이 없다 해도 상관없다. 그 사람들의 존재를 샤를마뉴 대제나 잔 다르크나 위그 카페의 존재만큼만 믿을 수 있으면 된다.

21. 나는 '나'

"그래, 하지만 먼저 자신을 있는 그대로 받아들여야 해. 나는 필리베르고, 너는 잉부안이야."

그런 생각을 하는 사이, 진짜 앙투안이 다가왔다. 서점 앞에서 필리베르를 따라잡았다. 달라진 곳이 없는지 필리베르를 살펴보았다.

"잘 만났다. 어제 어땠어?"

"오후 내내 칼벨 선생님하고 이야기했어."

"철학 선생님 말이야?"

"별치고는 희한하지?"

"말해 봐. 그래서 넌 어땠어?"

"솔직하게?"

"당연하지. 이래 봬도 걱정 많이 했거든. 교장실 앞에서 헤어지고 나서 르네 데카르트 이야기가 자꾸 생각나더라. 내가 누구인지 정말로 알고 있는지 생각해 봤지. 난 앙투안이었어. 그래서? 나라고 르네 데카르트가 못 될 이유가 뭐가 있어?"

둘 다 웃음을 터뜨렸다.

"르네 데카르트는 이미 끝났어. 데카르트 행세 말고도 나에겐 할 일이 많아."

"칼벨 선생님하고 뭐 했어? 솔직히 넌 잔소리를 들을 만했어. 애야, 얌전하게 굴어야지, 어쩌고저쩌고, 앞으로는 수업을 방해하지 말아야 한다, 어쩌고저쩌고."

"그런 얘기는 전혀 없었어. 선생님들은 나에게 시간을 주었어, 시간!

나한테 무슨 일이 일어났는지 생각해 보라고 하면서. 결국, 미슐레 선생님이 내 말을 있는 그대로 받아들여 준 거야. '네 이름이 르네 데카르트였으면 좋겠냐? 좋아, 그게 무슨 뜻인지 생각해 봐. 끝까지 말이다.' 하고."

"너 정말 운이 좋구나."

"누구나 그런 운은 있어. 너도 그렇고. 기회를 잡기만 하면 돼."

"나도?"

"지금 너하고 내가 뭘 하고 있지? 왜 함께 이야기하고 싶은지 토론하고 있잖아."

"이런 토론을 한다고 해서 무엇을 할 수 있는데?"

"그걸 미리 알아서는 안 돼. 예를 들어, 나는 너하고 꼭 친해지고 싶어. 어제보다 더. 그래서 중요한 이야기를 나눌 수 있었으면 좋겠어. 무엇이 '좋고' 무엇이 '나쁘고' 하는 식으로 판단을 내리기 위해서가 아니라, 무엇이 어떻게 돌아가는지 추측하고 그 비밀을 알아내기 위해서 말이야. 말하자면 모터와 같아. 모터가 어떻게 작동하는지 모르면 모터를 가지고 아무것도 할 수 없지. 고장이 나면 그저 바보가 되는 거야. 뭐든지 마찬가지야. 네가 유도를 배우는 걸 내가 좋아하는지 어떤지 너는 알 필요가 없어. 어느 쪽이든 너는 어쩔 수 없으니까. 하지만 나는 유도를 하면 어떻게 되는지 알고 싶어. 왜 시작했고 왜 계속하는지도.

비록 내가 유도를 하지 않더라도 네가 그런 이야기를 해 주면 우리 사이가 한 발짝 더 가까워졌다는 기분이 들 거야. 서로 이야기를 나눌 때는 말이 도구 역할을 한다고 봐. 진리는 문제 삼아 토론할 수 없으니까 골치 아픈 거고."

"왜 자기를 문제 삼으면 질색하는지 진리한테 물어봐야 해."

"맞아."

"진심으로 생각하는 것을 말해도 사람들이 비웃으면 어떻게 해?"

"비웃어도 그냥 받아들이고 계속 말해야지. 내 말을 이해해 줄 때까지. 한 번, 두 번, 열 번, 할 수 있는 한 몇 번이라도. 어제는 내 뜻을 이해시키는 데 성공했어. 미슐레 선생님이 내 장난을 불쾌하게 받아들이지 않았으니까. 덕분에 내 평생 가장 아름다운 오후를 보냈어. 모든 일이 그럴 수 있다고 믿어봐. 솔직히 첫 시도에 그런 행운을 만나다니 나는 굉장히 운이 좋았던 거지만."

"칼벨 선생님이 한 이야기가 그거야?"

"선생님이 나 혼자 깨닫도록 내버려 둔 결과야."

"뭔가 가르치려고 하지 않았어?"

"나름대로 가르침을 받았어. 그걸 지금 내가 너한테 전하는 중이고."

"나한테 다 이야기할 수 있겠어?"

"어떻게 이야기하느냐에 달려 있어. 때로는 아무리 이야기해도 결국 상대를 이해시키지 못하니까. 솔직하게 말하는 줄 알지만, 사실은 서툰 거야."

"아니면 바보 같거나……."

"꼭 바보 같은 것은 아니야. 서로 이야기하는 법을 조금씩 익혀 나가는 과정이니까. 단어나 말투를 익숙하게 만드는 거지. 이럴 때는 도덕 수업보다 노래가 나을 때도 있어."

"사람들을 있는 그대로 받아들여야 한다는 얘기구나."

"그래, 하지만 먼저 자신을 있는 그대로 받아들여야 해. 나는 필리베르고, 너는 앙투안이야."

"르네 데카르트는 아주 끝났어?"

"데카르트가 우리에게 자신을 발견하는 법을 가르쳐 줄 때만 빼고. 데카르트는 철학자야. 언제나 진리를 파괴하는 일을 멈추어야 하는 순간이 있다고 했지. 중요한 것은 진리를 발견하는 일이니까. 그 점을 알면 자신이 어디까지 갈 수 있을까 생각하게 되지. 무엇보다 어떻게 세상을 다시 만들 수 있을까 생각하게 돼."

"새로운 진리로?"

"아니, 참된 진리로."

"우리 친구가 되는 진리?"

"바로 그거야. 친구들과 나누는 진리이고, 공유하는 사람들을 모두

친구로 만드는 진리야."

"너하고 나처럼."

"응, 너만 좋다면."

22. "필리베르?"

따릉, 따르릉, 따르릉. 소리 지르는 것밖에 모르니 아무도 종을 좋아하지 않는다. 사람들은 시끄러운 소리가 듣기 싫어서 종이 하라는 대로 한다. 결국, 종은 자동으로 멎었다.

종이 울렸다. 여느 날과 마찬가지로 이야기가 끊어지든 말든 종은 아랑곳하지 않고 울린다. 따릉, 따르릉, 따르릉. 소리 지르는 것밖에 모르니 아무도 종을 좋아하지 않는다. 사람들은 시끄러운 소리가 듣기 싫어서 종이 하라는 대로 한다. 결국, 종은 자동으로 멎었다.

첫째 시간은 영어 수업이다.

끝나는 종이 울린다. 따릉, 따르릉, 따르릉.

둘째 시간은 역사. 미슐레 선생님이다! 가방은 교탁 위에, 의자는 교탁 옆에, 발은 의자 위에. 출석부를 펼치고 출석을 부른다.

"프랑수아."

"네!"

"노르베르."

"네!"

"필립."

"네!"

"에밀리, 앙투안, 샹탈, 기욤, 클레망틴, 장 로베르……."

"네, 네, 네, 네, 네, 네."

"소피."

"네!"

"필리베르."

교실 안이 쥐죽은 듯 조용해졌다. 찍소리 하나 나지 않았다. 앙투안은 가슴이 두근거려서 머릿속까지 울리는 것 같았다.

미슐레 선생님은 빙그레 웃으며 다시 불렀다.

"필리베르?"

"네! 선생님, 감사합니다. 평생토록 감사하겠습니다. 진심으로 감사합니다."

이제 다 끝났다고?

23. 헤어짐

내가 아는 것은 그 학년 말에 칼벨 선생님이 파리로 떠났다는 사실이다. 파리든 어디든 상관없었지만, 나는 그 사실을 받아들이기가 힘들었다. 칼벨 선생님이 나한테 그럴 수는 없었다. 나를 배신하다니.

끝났다고? 말은 쉽다. 이와 같은 경험이 끝날 수 있을까? 그렇지 않다는 걸 인정해야 한다. 오늘도 나는 그 일을 되새기고 있으니까.

출석을 부르던 그 순간이 지금도 떠오른다. 레지스, 쥘리, 베아트리스……. 수업 내용이 뭐였는지는 하나도 기억나지 않는다. 너무 오래된 일이다. 여느 때와 같았을 것이다. 다음 시간은 수학이었고, 그다음은 체육이었다. 화요일이었으니까.

기억이 장난을 친다. 진리가 산산조각이 난 이 이야기를, 칼벨 선생님과 함께 바닷가에서 보낸 그 오후를 내가 꾸며냈을지도 모른다. 칼벨 선생님, 나의 칼벨 선생님은 나에게 했던 이야기를 기억이나 할까? 선생님이 나에게 무슨 일을 했는지도. 그때 바로 적어 놓지 않은 일들이 많았다. 그 이후로도 내 행복이 지속하리라 그만큼 굳게 믿었던 것이다. 미슐레 선생님은 복도에서 마주칠 때마다 웃음을 지었다. 내가 진리의 못된 장난을 이겨내도록 도와준 것이 흐뭇해서일 거다. 가장 교활했던 것은 역사다. 나를 철학으로 이끌었으니까. 역사가 없었으면 나는 세상의 의미에 대해 의문을 품지 않았을 것이다.

물론 진짜 진리를 믿지 않게 되었지만, 토론하려면 그 진짜 진리라는 것이 필요했다. 미슐레 선생님은 바로 그 점을 알고 즐거워했다.

내가 아는 것은 그 학년 말에 칼벨 선생님이 파리로 떠났다는 사실이다. 파리든 어디든 상관없었지만, 나는 그 사실을 받아들이기가 힘들었다. 칼벨 선생님이 나한테 그럴 수는 없었다. 나를 배신하다니.

어느 날 저녁, 칼벨 선생님이 나에게 말했다.

"이런 말 하기 미안하지만, 이제 끝났다. 나는 이 학교를 떠난단다."

"바닷가에 간 날에도 이미 알고 있었던 거죠?"

"내 전근 신청이 받아들여졌다는 것만 알고 있었어."

"그러니까 우리가 계속 만날 수 없다는 것은 알고 있었잖아요! 내가 절대로 선생님 수업을 듣지 못할 것도 알고 있었죠! 진짜 너무해요."

"내가 그 결정을 취소하려고 애썼다면 믿겠니?"

"이제 선생님을 믿지 않을 거예요!"

나는 울음을 터뜨렸다. 실망해서 우는 나를 아무도 말릴 수 없었다. 그 눈물은 나만의 것이었다. 칼벨 선생님을 잡고 싶었고, 선생님이 찾지 못하는 위로의 말에 매달리고 싶었고, 이 마지막 만남을 최대한 활용하고 싶었다. 앞으로는 선생님과 마주칠 때마다 마지막이라는 생각이 들 것이다. 마지막 달, 마지막 보름, 마지막 6월의 화요일, 마지막 주, 마지막 날, 마지막 시간. 우리 사이에는 마지막밖에 없을 것이다.

"저한테 선생님이 필요하다는 것을 모르세요?"

"안다."

"할 말이 그것밖에 없어요?"

"이대로 가면 너는 내 존재에 익숙해질 테고 나도 네 존재에 익숙해질 거라고 말해 봐도 소용없겠지. 그건 너나 나나 바라는 일이 아니라고 말해도 소용없을 테고."

"진짜로 그렇더라도 전 상관없어요."

"편지를 쓰면 돼."

"아니요! 절대로 안 쓸 거예요. 글쓰기는 진짜 싫어요."

글이 삶을 얼마나 바꿔칠 수 있는지 잘 알고 있었다. 약간의 재주만 있으면 된다. 진짜 일어난 사건을 인용할 때조차 글을 가지고 거짓을 말할 수 있다. 미화하고, 다듬고, 살을 붙이고, 이쪽에서 떼어내고, 저쪽에 집어넣고. 그때그때 내키는 대로 쓸모가 있게도, 없게도 할 수 있다. 심지어 역사도 아닌, 이야기나 동화, 우화로도 삶을 대체할 수 있다. 루지에 선생님은 책을 물건처럼 취급하니까 내 과제를 깎아내린 것이다. 내 글이 살아 있다는 것을 알아차리지 못했다. 선생님이 내 글을 읽을 때 나는 이미 죽은 사람이나 마찬가지였다.

"편지는 책이 아니야. 사람들은 편지를 읽으며 쓴 사람을 생각하고 그 사람이 가까이 있다고 생각해. 편지는 바로 그 사람이 있는 곳에서 왔으니까. 편지를 읽으며 그 사람의 글씨를 해독하지. 더구나 편지에는 생각을 담을 수 있고, 편지를 가지고 다닐 수도 있지."

"편지를 쓰는 것은 상대가 멀리 떨어져 있기 때문이에요. 전 다른 건 알고 싶지 않아요."

24. 나의 첫 철학책

    칼벨 선생님이 떠난 뒤 2년이 지나도록 공책을 펼쳐 놓은 채 아무것도 쓰지 않고 몽상만 했다. 그러던 어느 날, 나의 첫 철학책을 사기로 마음먹었다.

학년 말이 되자 칼벨 선생님이 떠났다. 저절로 그렇게 되었다. 나 말고 다른 아이들도, 착한 아이나 못된 아이나 같은 일을 겪고 세상 모든 학교가 마찬가지라고 해도 나는 달랐다. 나는 부서졌다. 나 혼자 계속해야 했다.

나는 버려진 거다.

칼벨 선생님에게 절대로 편지를 쓰고 싶지 않았다. 선생님에게도, 선생님을 아는 그 누구에게도. 고아가 과연 아버지에게 편지를 쓸까? 바보 같지만 내 기분은 그와 같았다.

편지를 쓰지 않았으니 당연히 답장도 없었다.

솔직히 말해서 그 뒤에 나온 선생님이 쓴 책들은 읽었다. 그 중 바닷가가 배경인 〈동양의 자줏빛〉은 로마 병사가 자신에게 명령을 내린 장군의 품에 안겨 죽는 이야기였다. 그 병사는 세상을 떠나는 순간에 자신의 추억을 모두 장군에게 이야기하고 싶어 했다. 말하자면 자기 삶을 선물하고 싶었던 것이다. 내 이야기가 나오는 책은 없었기 때문에 딱히 여느 책보다 열심히 읽을 것도 대충 읽을 것도 없이 덤덤하게 읽었다. 표지에 찍힌 작가 이름을 보면 늘 이상한 기분이 들었다. 그럴 수밖에 없었다. 나는 그 책들을 모두 내 곁에, 내 책장에 두었다.

책이 곧 삶일까?

어쨌든 나는 내 삶을 계속해야 했다. 프랑스어 시간은 힘들었다. 물론 이제 루지에 선생님은 추억에 지나지 않았다. 2학년 프랑스어는 라포스 선생님이 가르쳤고, 어느 날 나에게 글재주가 좀 있는 것 같다고 딱 한 번 말했다. 하지만 나는 그런 재주를 바라지 않았다. 글재주를 발전시키려면 글을 많이 써야 하는데, 선생님이 시켜서 억지로 써야 하는 과제 말고는 글을 쓸 생각이 전혀 없었다. 글쓰기를 통해 집이나 다리처럼 견고한 무엇이 만들어질까? 목수가 완성한 탁자를 감상하듯 작가도 자기 책을 감상할까? 나는 프랑스어 시간마다 그런 생각을 하다가 3학년 때 가르니에 선생님의 철학 수업은 그냥 듣는 척만 했다.

본래... 사는 게 그런 거지...

가르니에 선생님은 너그럽고 재미있는 분이었다. 그것만으로도 좋은 선생님이었다. 하지만 무시받기에 저항하며 살 수밖에 없는 불행한 사람들을 위해 정의를 실현하는 문제나 전쟁에 대한 난처한 질문을 하면, 선생님은 얼른 다른 이야기로 넘어갔다. 두 팔을 흔들며 창가로 걸어가서 바깥 경치를 내다보며 한숨을 쉬었다.

"할 말이 없구나. 사는 게 다 그런 거지."

아! 그 대답이 넌더리가 나서 때로는 화가 치밀었다. '사는 게 그런 것'이라는 말은 애초부터 토론이 쓸모없다는 뜻이고, 쓸데없이 토를 달았다가는 4시간 동안 반성실에 갇혀야 한다는 뜻이기 때문이다. 가르니에 선생님 시간은 전혀 시끄럽지 않았다. 아니, 시끄러워질 여지가 없었다. 가르니에 선생님은 말썽을 싫어하니까 더욱 그럴 리 없었다. 선생님은 노련했다.

나는 대학입학자격시험 철학 과목에서 겨우 50점을 받았다.

나만의 철학은 혼자 간직했다. 나중을 위해 소중히 간직하고 있었다. 과제 속에 내 생각을 한 문장 정도 집어넣는 모험은 하지 않았다. 가르니에 선생님이 루지에 선생님만큼 이해심이 없어 보였기 때문은 아니다. 그저 내 생각은 선생님과 상관없다는 기분이 들었기 때문이다. '사는 게 그런 것'이니까 아무런 할 말이 없었다.

칼벨 선생님이 떠난 뒤 2년이 지나도록 공책을 펼쳐 놓은 채 아무것도 쓰지 않고 몽상만 했다. 그러던 어느 날, 나의 첫 철학책을 사기로 마음먹었다. <존재와 시간>이라는 책을 찾아서 샀다. 당연한 일이었다. 말할 것도 없이 무슨 소리인지 전혀 이해할 수 없었다. 나는 그 책을 읽었다. 또 읽었다. 그리고 또 읽었다. 하지만 어느 날 갑자기 단 한 줄이라도 이해했음을 깨닫는 순간은 오지 않았다. 나 혼자 길을 찾도록 버리고 간 칼벨 선생님을 원망하며 울었다. 숲 한가운데에서 길을 잃은 사람처럼 절망해서 어쩔 줄 몰라 이리 뛰고 저리 뛰며 지금 여기만 아니면 어디라도 좋겠다고 생각했다.

 나는 〈존재와 시간〉을 태워 버렸다. 책이 타면서 아름다운 불꽃이 피어올랐다. 불꽃의 심지가 되었다. 잔 다르크도 화형대에서 그렇게 아름다운 불꽃이 되었을 것이다. 제2차 세계대전이 터지기 직전에 독

일인들이 태워 버린 유대인들의 책처럼. 사람들이 두려워하는 말은 엄청나게 많다. 바닷가에서 칼벨 선생님과 함께 어린이를 위한 철학책 이야기를 한 일이 기억났다.

그렇다. 때때로 글은 사람들의 머릿속에 혁명을 일으킨다. 나는 철학책이 그런 글이 되었으면 좋겠다.

그 뒤로 그럭저럭 시간이 많이 흘렀다. 물론 즐거운 순간들도 있었다. 그래도 젊을 때는 슬픈 일보다 웃을 일이 많은 법이다. 군 복무와도 비슷하다. 주어진 현실에 온갖 노력을 하는 것이다.

나도 군대에 갈 시기가 왔다. 어느 화창한 월요일 아침, 나도 히죽거리는 군인에게 영장을 내밀었다. 나도 운동복, 군복, 군장, 철모, 발이 아픈 군화, 군모를 받았다. 나도 전기이발기가 내는 소리와 후두두 떨어지는 머리카락들, 빡빡머리가 되고 행군하는 것이 어떤 느낌인지 알게 되었다. 그날은 어쩔 수 없이 장 밥티스트 생각이 났다. 이번에는 내가 조금은 장 밥티스트처럼 되었다. 물론 같은 사건이 두 번 반복해서 일어날 수는 없으니 똑같아지고 싶어도 소용없다. 시간이 흐르면 너무 많은 것이 변한다.

진짜 장 밥티스트는 어느새 군대 시절을 잊었다. 군 복무를 하면서 태도가 진지해졌다. 이른바 남자가 되었다. 두 번 다시 예전처럼 머리를 기르지 않았고, 후광이 사라지니 성자 같은 분위기도 저절로 사라졌

다. 장 밥티스트는 곧 결혼했고, 이어서
아기가 태어났다. 장 밥티스트의 딸
은 귀엽고 잘 웃었지만, 안타깝게도
아빠와 달리 기계에는 조금도 흥미가
없었다. 책임은 또 다른 책임으로 이어
져서 정비소에서 정년퇴직한 그라지아니 아
저씨 자리를 물려받았다. 로티 아줌마도 정년퇴직했고, 아줌마의 일과
'친절한 지불'도 사라졌다. 내가 스무 살이 되어 장 밥티스트의 삶을 따
라잡았을 때는 이미 때가 늦어서 장 밥티스트가 나를 이해할 수 없게
되었다. 나는 혼자 구석에 처박혀 군 복무를 했다. 죽음에 관한 훌륭한
책을 가지고 군대에 갔지만, 복무 기간 동안 마치 철학이 존재하지 않
는 것처럼 지냈다. 군대 동료가 내가 무슨 생각을 하는지 알아차렸을
때는 은근히 기뻤다. 그들에게 군대는 체력을 단련하는 곳에 지나지
않았으니까.

  나는 열심히 공부했다. 칼벨 선생님을 따라잡아 선생님 같은 사람이
되어서, 내가 그 가르침을 잊었다는 말은 듣고 싶지 않았다. 철학 외에
다른 공부는 할 수 없었다. 선생님에게 나 혼자 해냈음을 보여주고 싶
었다. 그리고 내가 이 직업을 선택한 것도 선생님 때문임을 잘 알고 있
었다. 결국, 나 역시 선생이 되었다.

선생님!

첫 수업 때,

처음 군복을 입었을 때처럼 어색하게 첫 양복을 입고, 무진 애를 쓰며 넥타이를 처음 매고 들어간 나의 첫 수업 때, 나는 온 힘을 다해 철학자였던 진짜 르네 데카르트의 이야기를 했다. 나에게 그보다 중요한 주제는 없었다. 내 앞에서 눈을 반짝이며 듣고 있는 학생들은 모두 필리베르의 얼굴을 하고 있었다. 확실히 느낄 수 있었다.

한 학생이 말했다.

"재미있는 사람이네요."

다른 학생도 맞장구를 쳤다.

"맞아요."

나는 절대로 출석을 부르지 않는다.

미슐레 선생님은 은퇴했다.

시간이 흐른다.

나는 교실에 들어설 때마다 언제나, 단 한 번도 빠짐없이 그 5월의 월요일을 생각한다.

그럭저럭 삶은 계속된다.

25. 사랑스러운 '병'

　자기 책이 있으니 앞으로는 혼자가 아닐 거라고 믿고 있다. 누구든지 장난이든 진심이든 그 때의 필리베르를 따라 해 보고, 나 역시 그 이야기를 해 줄 수 있을 테니까.

변한 점도 있다. 나는 결국 책을 쓰게 되었다. 이것은 내 책이니까 머릿속에서 저절로 글이 써졌다. 그것을 오래된 공책에 옮겨 적기만 하면 되었다. 칼벨 선생님과 함께 바닷가에서 오후를 보내고 돌아온 저녁에 꺼낸 바로 그 공책이다.

확실히 나는 이 빌어먹을 책을 쓰고 싶지 않았다. 이 책도, 그 어떤 책도 쓰고 싶지 않았다. 칼벨 선생님이 그 책을 읽는 것이 싫었다. 그런 식으로 선생님에게 벌을 주고 싶었다. 하지만 나는 책을 쓸 수밖에 없었다. 며칠 전 칼벨 선생님이 돌아가셨다는 소식을 들었기 때문이다. **정말** 나 혼자 계속하도록 내버려두고.

칼벨 선생님이 돌아가셨다!

내 눈앞의 신문 부고란에 나와 있었다.

죽음.

때로는 **그래도** 선생님을 찾아가 봐야겠다고 생각했었다. 토론을 다시 시작하기 위하여. 그래야 했다. 그럴 수도 있었다. 벌써 오래전에 선생님을 용서했다. 파리에는 바다가 없지만 센 강이 있다. 그런데 지금은 너무 늦었다. 이제 선생님과 아무것도 나눌 수 없다. 선생님은 돌아가셨고, 나는 어른이 되었다.

나는 이렇게 '컸다.'

어린 필리베르는 이제 꽤 나이가 들었다. 자기 책이 있으니 앞으로는 혼자가 아닐 거라고 믿고 있다. 누구든지 장난이든 진심이든 그때의 필리베르를 따라 해 보고, 나 역시 그 이야기를 해 줄 수 있을 테니까.

장 밥티스트는 떠났다. 앙투안도 떠났다. 미슐레 선생님도 떠났다. 칼벨 선생님이 남았고 나의 사랑스러운 '병'이 남았다. 내 말 속에, 내 생각 속에, 내 짧은 이야기들 속에, 영원히 남아 있다가 한 아이가 이 책을 넘길 때마다 되살아날 것이다. 그 중 한 아이가 평소보다 나을 것도 못할 것도 없는 완전히 평범한 밤을 보내고 난 어느 날 아침, 세상의 의미가 바뀌었음을 알아차리고, 삶에 대한 사랑으로 철학의 모험을 끝까지 버텨 보고 싶어질 거라고 믿는다.